복덕방 그녀

복덕방 그녀

펴낸날 2026년 2월 25일

지은이 허미래
펴낸이 주계수 | **편집책임** 이슬기
교정편집 이한비 | **꾸민이** 전은정

펴낸곳 밥북 | **출판등록** 제 2014- 000085 호
주소 서울특별시 마포구 양화로 156 LG팰리스빌딩 917호
전화 02- 6925- 0370 | **팩스** 02- 6925- 0380
홈페이지 www.bobbook.co.kr | **이메일** bobbook@hanmail.net

© 허미래, 2026.
ISBN 979-11-7223-137-8 (03810)

영화를 책으로 읽는
한국 영화 시나리오집

복덕방 그녀

"남편을 팔베개로 재워주는 듬직한 아내가 있다는 사실,

여러분은 아세요?"

각본 허미래

밥북
B·O·O·K

작가의 말

인생을 가만히 들여다보면 각자 살아내는 방법이 다르듯,
같은 길 위에서 같은 곳을 바라보고 같이 걸어도
일치되지 않는 생각으로 하룻길을 달려가고
각자 다른 모습으로 안식을 누리는 삶입니다.

인생을 시작하는 터널이 어떤 모습이었는지,
성장한 어른은 아직도 그 터널 속에 갇혀 살기도 하고
또 다른 어른은 그 터널을 통과하여
수많은 여러 모양의 삶을 학습하며 모험하듯 신나게 살아가기도 합니다.

누군가는 안아내고, 누군가는 안기고.
또 누군가는 참아내고, 누군가는 이해하고.
누군가는 바닥만 보이고,
또 누군가는 바닥만 보고 있는 사람이 보이고.
어떤 삶은 기쁘고, 또 어떤 삶은 그 기쁨으로 위안을 받고….

2026년 1월 18일에   허 미 래

작가
의도

　평범한 삶 속에서, 사람들에게 용기와 도전을 선물처럼 선사하는 '복덕방 그녀' 숙자와 그의 남편 상담사 릴의 소박한 삶을 다룬 이야기다.
　그들의 따뜻한 사랑과 관심으로 인해 행복을 누리는 사람들의 이야기를 통해 자신과 주변을 돌아보게 한다.

줄거리

　회사 일과 작가로, 또한 호평받는 작품의 유명 작가이기도 한 그녀. 자신을 드러내지 않고 동네 작은 복덕방에서 삶이 고된 인생들을 보듬어 내는 '복덕방 그녀' 찬숙자. 그는 진짜, 돈보다 사람을 우선시하는 의리의 여자로 살아가고 있다.

　그녀의 상처 많은 남편 릴.
　'복덕방 그녀' 숙자의 남편 릴은 어릴 적 소통 안 되는 가족들과 살아내느라 상처가 많은 남자다. 그 또한 아직도 후유증이 남아 치료받아야 하는 몸집 큰 사내아이다. 릴은, 상담사와 강사로 자신처럼 상처받은 이들을 일으켜 세우는 일을 하며 아내 숙자와의 결혼생활을 통해 삶 속에서 자신 또한 '복덕방 그녀' 숙자로부터 치유를 받고 있다. 내면의 상처를 안고 사는 숙자의 남편 릴. 그 상처를 싸매 주듯, 숙자는 잠자리에서조차 어린아이처럼 자신의 품을 파고드는 릴을 팔베개로 보듬어 내며 남편 릴의 독특한 보호자 역할을 해낸다.

씩씩한 아내이며 사업가로서 강인함을 갖춘 '복덕방 그녀' 숙자.
릴은 바쁘게 사는 숙자를 위해 어설픈 식사 준비까지 하게 된다. 그런 릴을 향해 장난기 발동하는 숙자가 사자머리를 하고 다가와도 릴은 그런 그녀가 애인같이 또는 친구같이 더 나아가서는 엄마같이 편안하고 사랑스럽기만 하다.

숙자는 영화제작을 하기 위한 과정에서 투자받던 중, 우연히 분양 사업에 도움을 주게 되면서 부동산업계에 정착한다. 의외로 돈 되는 사업가들과 협력관계를 유지하면서 작가 활동을 유지하고 있다. 그녀는 사회 속에 영향을 주는 인기 작품을 다루는 작가이지만, 자신을 드러내지 않고 평범한 사업가처럼 살아간다. 부동산업계에서도 재능이 두드러져 상인들에게 중요한 입지를 컨택 해주는 명인으로 소문나있기도 한 '복덕방 그녀'.

소박한 일상생활을 이어가고 있던 '복덕방 그녀' 숙자.
어느 날 그녀는 연예계에서 밀려난 연기자의 죽음을 접하게 된다. 그리고 자신의 재능에 충실하기 위해 최선을 다하다 쪽방에서 죽음을 맞이한 어린 작가의 죽음 소식도 접하게 된다. 연예계에서 작가들과 연기자들이 자기 꿈을 펼쳐 보지도 못하고 세상을 떠난 안타까운 사건 이후, 이름 없이 살아가는 연기자들과 그러한 연예계를 위한 협동조합을 설립하여 그들

스스로가 노년을 준비할 수 있는 시스템을 만들어 놓는다. 연예계 수입의 1%를 적립하여 더 이상 활동 못 하는 연예계의 노후의 삶을 보장해 주는 '연예인 협동조합'을 설립한 것이다. 자신의 재능을 따라 살아내고 있는 천직인 작가들과 연기자들을 화려한 무대 위로, 스크린으로 세워 마음껏 자신의 가치를 발휘하는 기회를 열어주기도 한다.

숙자는 자신이 운영하는 '자 컴퍼니'와 별개의 작은 '복덕방'을 운영하면서 열심히 살아내는 사람들에게 도움을 주며 살아가고 있다. 또한 자신의 회사에 찾아오는 사업가들에게 좋은 아이템은 물론, 건설 현장에서 처분 안 되는 물건을 독특한 방식으로 완판 기록하는 사업가로도 소문난, 그야말로 못 하는 것 없는 여자다.

한편 릴은 사람의 마음을 위로하는 재능으로 동네 아이들에게까지 거의 신에 가까운 존재처럼 되어간다. 목욕탕의 깡패 같은 남자로부터 아이들을 보호하고, 어린 친구들과 냉탕과 온탕을 옮겨 다니는 철없는 행동대장이 되어 그들로부터 대장님으로 불리기까지 한다. 릴은 동네 어른으로서 아이들에게 든든한 버팀목이 되어간다.

어느 날 '복덕방 그녀' 숙자는 거금의 부동산에 당장 돈을 지불하겠다는 손님을 뒤로하고 차분하게 길을 잃은 노인을 먼저 챙긴다. 그런 숙자를 보며 감동받은 손님은 숙자의 단골손님이 된다. 전전긍긍하며 돈을 벌어보겠다고 상가에 입점하는 사람들에게 상권을 분석해 주며 정확한 위치에 입점시켜 주는 '복덕방 그녀'는 부동산업계에서도 천재적인 분석가로 알려져 간다.

어느 날 숙자는 엘리베이터 안에서 수줍음 많은 사내아이와 그의 엄마를 만난다. 수줍음 많은 아들을 뒤로 감추며 아이와 의논 한마디 없이 '우리 아이는 숫기가 없어요'라고 말하는 아이 엄마에게 "유명한 앵커가 어릴 적 자신의 엄마가 사람들 앞에서 자신을 '우리 아이는 수줍음이 많답니다'라고 말한 것 때문에 자신은, 말을 못 하는 사람인 줄 알고 컸다고 합니다"라는 말을 남기고 엄마 뒤에 숨어있는 사내아이가 자발적으로 나와 말을 걸어올 때까지 지속적인 격려를 해 준다.

한 여자가 자신을 드러내지 않고 지속적인 유익을 전하는 사람으로 살아가는 아름다운 '복덕방 그녀'의 이야기가 펼쳐진다.

> 작고 평범한 일상생활 중, 한 사람이 다른 누군가에게 미치는 영향력이 얼마나 위대한지 간혹, 우리는 그것을 모르고 지나칠 때가 많다

'복덕방 그녀' 숙자(여, 50대, 작가, 사업가)

작가로 사업가로 능수능란한 숙자. 모든 일을 다 잘하는 것처럼 보여도 딱, 한 가지 못하는 것이 있었으니 바로, 애교다. 그러나 다행인 것은 여성 호르몬이 왕성해진 시기에 접한 남편 릴에게 차고 넘치는 애교가 있었으니, 다행스럽게도 그녀는 행복한 결혼생활까지 유지해 나가고 있다.

릴(남, 60세, 상담사, 숙자 남편, 그리고 주부로 살아가고 있다.)

상담사로 다른 사람의 아픈 마음을 치유해 주는 사람이다. 방송활동, 전문 강사로서 인기 있는 남자지만, 숙자 앞에만 서면 왠지 작아지는 소년이 되는 릴. 그는 어릴적 환경에서 받아낸 상처로 숙자 품에 파고드는 걸 좋아하는 아직도 마음이 덜 성숙한 어린 남자다. 그런 남편을 다독여 주는 아내 숙자를 많이도 의지하는 릴은, 숙자의 단짝 친구이자 든든한 남편이 되어주려 무진장 애를 쓴다. 또한 동네에서 말썽꾸러기 취급당하는 철부지 어린이들에게 릴은 든든한 지지자가 되어주기도 한다.

어린 릴(남, 9살, 밝은 성격이며 무대 체질)

아이들과 어울리는 것을 좋아하고, 자신만의 은신처인 동굴을 도피처로 삼고 그곳에 작은 무대를 만들어 숟가락을 마이크 삼아 상처투성이인 자신을 보듬어 내는 시간을 갖는 아이.

릴의 엄마(여, 30대, 엄마 자격 미달인 여자)

분주한 집안 환경으로 앉아 있을 시간 없는 여인. 어린 릴에게 상처를 준, 1호 인물.

릴의 할아버지(남, 70대, 농사꾼, 어른 자격 없는 양반)

막무가내로 성질부리는 남자. 어린 릴에게 상처를 준, 2호 인물.

릴의 아버지(남, 30대 후반, 있으나 마나 한 양반)

부인의 기세에 눌려 아무 말 못 하고, 기죽어 사는 남자. 어린 릴을 방치하며 상처 준 3호 인물.

기업가 노인(남, 80대, 기업가)

찬 작가에게 경제적 지원과 기회를 주는 사람.

상구(남, 12살, 천방지축)

릴을 거의 우상시하며 따르는 남자아이. 릴을 보기만 해도 행복해한다.

건달 같은(남, 40대)

다혈질 인간. 남에 귀한 자식들을 개 잡듯이(예전에는 이런 표현을 주로 썼음) 말로 패는 인간.

아이 엄마(여, 30대)

멀쩡한 자기 자식을 수줍음이 많다고 자기 멋대로 평가하는 여자.

아이(남, 6살)

자신은 말하기 좋아하는데, 엄마가 맘대로 수줍음 많다고 해서 엄마 뒤에 매일 숨어야 했던 아이.

산책 아가씨(여, 20대)

강아지 한 아름 싣고 산책하는 여자.

반달곰 배우(남, 20대)

시상식에 나타난 신인배우.
숙자가 마련해준 무료 화장 쿠폰을 누나에게 양보하고, 누나가 해 준 화장이 눈물과 땀에 흘러내리는데 한없이 흘러내리는 검정 화장 탓에 반달곰처럼 된다. 그 얼굴이 시상식 스크린에 오르면서 계획된 연출이라고 평을 받게 된다. 하지만 본인은 한없이 흘러내리는 이상한 화장에 '이거 무한 리필인가!' 곤혹스러워한다.

노부부(남, 여, 90대)

거의 살아있는 자체가 신기할 정도로 위태한 걸음걸이의 부부.

그 친구(남, 50대 후반)

무식한 양반인데 돈만 많음.

그 친구 동생(남, 50대 후반)

무식한 양반의 동생이고 이 또한 돈만 많음.

포장마차 할머니(여, 70대)

국밥집 아줌마(여, 50대)

준(남, 20대, 뮤지션)

국장(남, 60대)

출판사 대표(남, 50대)

출판사 여직원(여, 20대)

박스 줍는 남자(남, 50대)

포장마차 할머니(여, 70대)

이 감독(남, 40대)

상구 일행(남, 12살, 또래, 상구 친구들)

목욕탕 노인(남, 80대)

아나운서(여, 20대)

내담자

눈물의 남자(내담자)

강아지들(올망졸망 여러 종류의)

음료 광고 연예인(여, 20대)

어떤 아줌시(여, 50대)

또 어떤 아줌시(여, 50대)

또또 어떤 아줌시(여, 60대)

관중들

사회자

릴의 학교 친구들/초등학생들

릴의 어린 형제들(남·여)

장례 행렬의 사람들

마네킹 같은 여직원

김 목사(여, 60대)

김 목사 아들(남, 30대 초)

권사님(여, 60대 후반)

성찬 위원들

노인 연기자(여, 60대)

부부(남·여, 40대)

신인배우들

감독들

만삭의 젊은 부부(남·여, 30대 초)

교회 무대 위 연기자들

그 여자(여, 50대, 식당 주인)

길 묻는 노인(여, 80대)

스텝들

방송패널들

아나운서

모델하우스 고객들

바울이(릴과 숙자와 동거 중인 고양이)

에스컬레이터 가방 우먼

행인. 행인들

손님 1, 2, 3

숙자의 직원 1, 2

새끼작가 1, 2

남자 1, 2

붕어빵

그 외 다수…

차례

복덕방 그녀

#1. 실내. 숙자의 침실, 아침

쿨쿨 잠자고 있는 숙자.

그 옆에서 가만히 몸을 침대 밖으로 뽑아내려고 표정 없이 안간힘을 쓰는 릴.

릴이 이불을 들춰보면 숙자의 다리가 릴의 허벅지에 감겨있다.

포기하듯 이불을 다시 목까지 끄집어올리고 가만히 허공을 향해 고민하는 릴.

갑자기, 확! 릴이 침대 밑으로 투하된다.

여전히 곤하게 씩씩대며 자고 있는 숙자.

릴이 일어나려고 하는데, 다리에 쥐가 났다.

그 다리를 질질 끌고, 말 없는 수레처럼 팔을 휘저으며 나간다.

빼꼼히 열린 문밖에서 방 쪽을 초조하게 바라보고 있는 릴.

침대에서 옆으로 돌아눕던 숙자. 뽀~옹!

숙자가 깰까 초조한 릴.

숙자 방귀 소리에 순간 입가에 미소를 긋는 릴.

숙자의 방귀 소리에 묻어 조심스럽게 문을 꾹, 닫는 릴.

#2. 실외. 숙자의 복덕방 앞, 아침

고층빌딩 아래 아담하게 자리하고 있는 두꺼비 형태의 복덕방.

두꺼비 모양의 사무실 위로 보이는 '복덕방' 공인중개사사무소 간판.

그 문이 열리면, 릴이 빗자루를 들고 안팎으로 쓰레질하고 있다.

잠시 후 밖으로 나오는 릴의 숱 없는 휑한 머리.

그 머리 쓸어올리며 허리를 툭툭 친다.

주변을 둘러보다가 다시 살포시 문을 닫으며 들어가는 릴.

창 안으로 보이는 릴이 여전히 꼼지락거리며 청소하고 있다.

책상마다 후후 불어가며 청소며 정리하고 나름 신경을 쓰고 있는 릴.

(사이)

릴이 잠시 쉬려고 앉아 있자, 안으로 보이는 복도 쪽 문을 열고 들어서는 숙자.

숙자가 들어서자 벌떡 일어서 앞문을 열고 밖으로 나오는 릴.

잠시 후 손에 커피를 들고 나타나서 사무실로 들어서는 릴.

(사이)

조용한 사무실 한쪽에서 릴과 숙자가 뭐라고 쫑알거리고 있다.

릴의 휑한 머리 위로 옆머리를 올려 쌓아 놔주는 숙자.

그런 행위를 가만히 인내로 참아내는 릴.

두 손으로 잘 참아냈다는 듯이 릴의 양쪽 볼을 감싸 쥐는 숙자가 장난스레 입술을 갖다주면 의무적으로 오리입을 늘려 숙자의 입을 스치듯 받아내는 릴.

(사이)

상담하는 숙자와 손님에게 음료를 공손히 들이미는 릴.

그런 릴을 향해 고개 숙여 감사해하는 숙자.

손님도 덩달아 릴을 향해 감사 표시한다,

#3. 실외. 호수공원, 밤

릴과 숙자가 손을 꼭 잡고 같은 방향으로 이동하는 사람들 틈에 있다.
간혹 반대로 다가오는 사람들로 릴과 숙자의 행보가 리듬이 끊기곤 한다.
공원을 빠져나오는 릴과 숙자.

#4. 실내. 아이스크림 가게, 밤

한쪽에서 바구니를 들고 '누가바'를 계속 담는 숙자.
그 모습을 보고 슬며시 저 밑바닥에 나뒹구는 메로나 한 개를 들어 '누가바' 위에 올려놓는 릴.
그걸 보고 메로나 한 개를 더 담아서 계산대 위에 바구니를 올려놓는 숙자.

#5. 실외. 아파트단지, 밤

거의 다 먹은 아이스크림을 물고 뭐라고 좋알대는 숙자.
기다렸다는 듯이 숙자의 아이스크림 막대기를 챙겨 비닐봉지로 감싸며.

릴	벌써 다 흡입했어요?
숙자	네, 난 청소기니깐요.
릴	신형인가 봐요. 속도가 엄청 빠르네요.

숙자	(가만히 릴을 바라보며 릴이 들고 있는 까만 비닐봉지에서 누가 바 아이스크림을 한 개 더 **빼면서**) 콱!
릴	무서워요. 돌아가신 우리 엄마 같아요…! 도둑이 제일 싫어하는 아이스크림이 뭔 줄 알아요?
숙자	몰라요.
릴	누가, 봐?
숙자	…콱! (하더니) 누네띠네?
릴	…?

손을 잡고 골목길로 들어서는 숙자와 릴의 뒷모습.
아직도 뭐라고 쫑알대고 있는 숙자.
그 옆에서 묵묵하게 듣고 있는 릴.
어둠 속으로 사라져가는 숙자와 릴.

#6. 실내. 숙자네 거실, 아침

열린 방문 안쪽에 보이는 숙자가 젖은 머리를 하고 화장하고 있고, 주방 쪽에서 분주하게 음식을 준비하는 릴의 모습.
릴이 안방 문을 **빼꼼히** 열며 머리 들이민다.

릴	(낮게) 여보, 식사하세요~!
숙자	(대뜸) 아우 팔 아파, 내 얼굴인데 이거 매일 한 시간씩

똑같은 일을 할라니까.

릴   안 해도 이뻐요. 눈썹만 그리고 나와요.

숙자   자기, 배고프겠다. (방에서 나오는 숙자 눈, 단춧구멍)

릴   (조심스럽게) 당신…. 눈, 어뒀어요?

숙자   자기…. 처음 나랑 결혼해서 화장 지우고 자고 일어났는

               데, 내 눈 보고 감탄하더니…. "붕어눈 같아요."라고 했지!

릴   녜. 정말 그랬어요. 단춧구멍보다 더 작았지요.

숙자   의사가 앞뒤를 다 텄는데, 더 트려고 하다가 도저히 안

               된다고 하면서 다시 꿰맨 눈이 바로, 이 눈이야! 앞으로

               붕어의 붕 짜도 꺼내지 마. 나 열받으니까.

릴   (공손하게) 녜. 어서 식사허세요.

               (사이)

숙자   (빈 그릇 앞에서) 감사히 잘 먹었습니다!

설거지하는 릴 뒤로 가서 양손을 사타구니 앞뒤로 깍지 끼워 넣고 릴을
들어 올리려는 숙자.

릴   아우…. 증말, 왜 이래요~ !이거 성희롱인 거 아시죠?

숙자   부부끼리 그런 게 어딨어. (씨름선수처럼 구부린 채로 진지

               하다.)

릴   난 지금 수치심 느낀단 말이에요.

숙자   (그 행동 멈춰 서서) …어? 뒤 돌아 봐봐요!

릴   (뒤돌아서자마자 숙자가 릴의 젖꼭지를 정확히 손가락으로 찌

른다.) 흐엉~!

숙자	오늘은 한 번에 오케이! …뭘, 그런 걸 가지고 울어~?
릴	진짜, 나 요즘 여성 호르몬이 왕성해져서 그런지, 이런 성희롱까지 당하니까 진짜 속상하고 울고 싶어져요.
숙자	거, 습진 생겨요. 고무장갑 껴요. 모공이 폐까지 연결되어 있다고 누가 그러더만.

방으로 들어가는 숙자의 뒷모습을 보고 좋아 죽는 릴.
잠시 후 숙자가 말쑥한 모습으로 방에서 나온다.

릴	우와, 여사님, 어디 사세요?
숙자	어머! 아저씨 누구신데 남의 집에서 고무장갑을… 끼고… 주방에서…!
릴	우리 어제 처음… 만난… 사이, 기억 안 나세요?
숙자	콱, 또, 또 진도 나간다. 거기까지! 있다, 맛있는 커피 내려 드릴게.
릴	아니에요~~~! 제가 내려 드려야지요~

현관에 바로 신을 수 있도록 가지런하게 놓아진 숙자의 신발.
숙자가 그 신발을 기분 좋게 신으면서 주방 쪽 돌아다보면.
주방 쪽에서 아직도 익숙하지 않은 릴의 손놀림.
설거지하느라 물이 이리저리 마구 튕겨 나간다.
얼굴이 땀인지 물인지 범벅이 된 릴의 모습을 보고 신발을 신는 숙자, 입꼬리가 귀에 걸린다.

어느새 뒤에서 공손하게 두 손을 모으고 배꼽인사를 하는 릴.

릴	오늘도 수고 하세요. 마님, 있다 뵙겠습니다.
숙자	하지 마. 하지 마! 그거, 하지 마!
릴	저는, 이제 다 포기했어요. 그저, 당신의 딸랑이입니다요.
숙자	(포기하고) 그래, 오냐. 그리하거라. 계속 딸랑이로 남거라.
릴	예~~~이?

현관문이 닫히면 바로 앞치마를 벗고 꼿꼿해지는 릴이 포스 있게 소파에
앉는다.

바울이가 멋진 털을 휘날리면서 릴에게 와락 달려와 등을 툭툭 친다.

릴	앗, 따거워~! 아 고양이 손톱! (돌아보고) 바울! 차렷!
	차렷, 간식 잠시 후에!
바울	(파란 눈을 동그랗게 뜨고 릴을 마주 본다.)
릴	(그 눈 바라보며) 야옹!
	(릴의 신비스러운 얼굴에서 고양이 소리가 나자마자)
바울	(놀라서 와락 어디론가 달려간다.)
릴	자, 강의 준비를 좀 하고, 우리 마님 비서직에 충실해
	볼까?

#7. 실내. 숙자 사무실, 낮

릴이 들어온다.

숙자는 여전히 하던 일 하면서.

숙자	왔어? 있다가, 그 친구 온다면서?
릴	응, 매번 부담스러워. 지가 돈 있다고 맨날 사긴 하는데, 얻어먹는 것도 한두 번이지.
숙자	그분도 자기와 식사하고 싶은데 계속 미안하니까 밥을 사는 거잖아. 더치페이해. 서로 부담 없어.
릴	그럴까? 걔가 좀 무식해~? 글씨도 모르더라고⋯. 부담스러워⋯.
숙자	그런 사람 잘 대해줘. 자꾸 찾아온다는 건, 자길 좋아한다는 거야. 순수하고.

#8. 실외. 식당 입구, 낮

그 친구	형, 오늘도 내가 살게!
릴	더치페이로 하자 우리.
그 친구	(고개를 갸우뚱하고 국밥집 간판을 보면서 혼잣말로 '국밥집인데⋯.') 그럴까?

#9. 실내. 식당 안, 낮

그 친구가 자리에 앉더니 자신 있게 외친다.

그 친구	더치페이, 두 개 주세요!
릴	(입술을 깨물고 웃음을 참아 재낀다.)
아줌마	(농담인가? 하더니 릴을 쳐다본다.)
릴	국밥 2개 주세요.
그 친구	(뭔가 실수한 거 같은데 잘 모른다.)

맛있게 식사하는 그 친구를 안쓰럽게 바라보는 릴의 얕은 한숨 소리.

#10. 실내. 커피숍, 낮

릴이 누군가와 대화하고 있다.

그 친구 동생	그래서 형.
릴	햐…. 니 형, 아 진짜 너무 무식해! 더치페이 두 개 주세요! 하는 거야?
그 친구 동생	더, 더치페이? 아, 그 형은 진짜… (의외의 답이 입에서 나오기 시작) 매번 비싼 것만 먹어!
소리(릴)	…? 하아….

그 친구 동생	그 형이 돈이 좀 있으니까. 비싼 거 시켰을 거야 형.
릴	아으… 진짜루. 내가 아으… , 니네 증말, 쌍으루…. 너, 가!
그 친구 동생	커피는 마시고 가야징! 뭐, 마실래 형? (포스기에 서는데)
릴	그냥 더치페이로 하자.
그 친구 동생	더치페이가 도대체 뭔데 형은 그 비싼 것만 먹으려고 해?
소리(릴)	…? 하아, 진짜 무식한 집구석!
그 친구 동생	돈 많으면 뭐 무식한 거야?
릴	하아, 진짜…. 니 먹고 싶은 걸로 두 잔 시켜라.
그 친구 동생	(지갑에서 빳빳한 지폐를 꺼내 지불하면서) 형이 제일 편해 나는….
릴	아니, 너 포스기 아직…. 사용 못 하냐? (망설임 없이, 돈 지불하는 걸 빤히 보면서) 못하네~ 거봐! 무식한 집구석 같으니라고. 난 니들이 제일 불편해, 아니 부담스러워. 더치페이도 모르는 무식한 것들이…. (씩씩대면서)
그 친구 동생	(거스름돈 그냥 됐다고 하면서) 도대체, 더치페이가 어떤 음식인데 그걸 못 먹어서 환장이야~. 담에 꼭 더치페이 사주께 형. 엉?
릴	(더 화가 치밀어 오른다.) 너, 가!
그 친구 동생	몰랐는데 다혈질이네. 이형~?
릴	개놈으시키가 진짜!
그 친구 동생	(일어나면서) 못 먹고 컸나 보네. 쯧쯧. 그래서 사람은 환경이 중요한 거야. 환경!

아직도 열받아서 씩씩대며 빨대로 음료수 들이키는 릴을 측은하게 바라보는 그 친구 동생의 여유 있는 포스.

그 친구 동생　　　(여유 있게) 더치페이, 사주께 형. 꼭!

릴　　　　　　　(더 날뛰며 그 친구 동생을 향해 달려들면서 F.O)

(F.I)

#11. 실외. 숙자 복덕방 근처, 낮

손님을 배웅하고 들어가는 숙자가 멀리서 보인다.
릴이 문을 닫고 들어가는 숙자를 바라보며 피식 웃는다.
사무실 안쪽에서 손님과 상담하는 숙자.
그 옆에서 공손하게 음료를 내오는 릴.

#12. 실내. 주방, 아침

릴이 익숙하게 샌드위치를 만들고 있다.
팬에 계란 풀고, 수저로 몇 번 젓다가 치즈를 몇 장 얹어 녹여낸다.
다시, 슬라이스 된 토마토를 전자레인지 안에 넣는 릴.
릴이 빵에 쨈을 얹어 사과와 계란을 꾸역꾸역 집어넣는다.
한 접시 내오는데 알록달록 먹음직스럽다.

(사이)

한쪽 눈만 화장한 숙자가 릴의 앞에 마주 앉는다.

그 눈 바라보는 릴이 아직도 익숙하지 않다.

'어으~!' 놀라며 숙자에게 샌드위치를 덜어내어 주는 릴.

탑처럼 올려진 샌드위치에서 사과를 꺼내먹고, 토마토 꺼내먹고, 치즈 꺼

내먹고…

계속 꺼내먹는 숙자. 그 모습을 지켜보다가.

릴	아니, 그냥 먹지 하나하나 따로따로 드시네요?
숙자	내 입맛이에요.
릴	참 묘한 입맛이네요. (입을 쩍 벌리고 샌드위치를 물어뜯는다.)
숙자	(빵 꽁무니를 가만히 들여다보면서) 꼭, 개미 궁둥이 같아요. (뭔가 생각 해낸다.) 내가 어릴 적에 누구랑 많이 놀았는지 알아요?
릴	…?
숙자	개미요. 개미 먹이도 날라다 주고… 개미 허리도 잘라서 꿀 빨아 먹고…
릴	(꿈쩍 놀란다.) …?
숙자	릴은 누구하고 주로 많이 놀았어요?
릴	난, 다 같이 어울리면서 놀았어요.
숙자	사회성이 좋았나 봐요?
릴	당신, 어떻게 사업을 그렇게 잘하시는지 알 수가 없어요.
숙자	다, 하나님께서 하시는 거예요.

릴	아멘. 놀렐루야!

#13. 실내. 릴의 상담실, 낮

내담자가 뭐라고 좋알대고 있고, 그 뒤에 벽시계가 2시를 가리킨다.

그 내담자를 큰 눈으로 꾸벅꾸벅 인내로 받아내는 상담사 릴.

내담자가 말하고, 또 말하고 그렇게 쉼 없이 계속 말하는데, 시계가 4시를 가리킨다.

릴은 내담자가 뭐라 말하는지 귀에 안 들어오고 졸음까지 온다.

다시 5시를 가리키는 벽시계.

내담자는 더 이상 할 말도 없고, 스스로 지쳤는지 초콜릿을 하나 들어 올린다.

릴	(자세 고쳐 앉으며) 달콤하죠?
내담자	네, 엄청 달달하네요~.
릴	우리는 달달한 인생을 살아갈 자격이 있는 사람들이에요.
내담자	(달달하니 기분이 좋아진다.) 그렇죠? 다른 상담사분들은 가르치려고 해서 제가 마치 잘못 살아가는 줄 알았어요. 상담사님은 진짜 박사님이세요.
릴	아휴~ 그렇게 말해주니 고맙네요. 자 오늘은 깊은 잠 주무시고 다음에 또 만나요?
내담자	(앞에 초콜릿을 한 주먹 들고 일어선다.) 네, 또 뵙겠습니다.

릴	(덥석 한 주먹 더 집어 내담자 주머니에 푹 넣어주려고 일어서는데, 다리에 쥐가 났다. 릴의 인상이 후덕하다.)
내담자	이런 다리에 쥐 나는 것도 모르시고 제 이야기를 들어주시다니! 아휴, 이런…! (아직도 초콜릿이 감도는 끈적한 입을 벌려 자기 침을 발라 릴 코에 자꾸 찍어댄다.)
릴	(불쾌하지만 참는다.) 그럼, 멀리 안 나가요? (헛구역질 나온다.)

미안하게 문을 닫으면서도 릴을 걱정해 주는 표정의 내담자.
그런 내담자를 손짓으로 잘 가라고 인사하는 릴.
얼른, 다시 달려와서 릴의 등을 어루만져 주고 나가는 내담자.
뭔가 잊었는지 다시 돌아와서 자신의 끈적한 침을 발라 릴의 코에 한 번 더 찍고 돌아서는 내담자.
릴의 헛구역질 '우억~!'(F.O)

소리(릴)	양치하는 것도 살아가면서 꼭 필요합니다. 제발. 우우억~!

(F.I)

#14. 실내. 거실, 밤

소파에 널브러져 잠들어 있는 릴.
꿈을 꾸는지 릴의 표정이 꿈틀거린다.
식은땀까지 송골송골 맺히는 릴의 얼굴.

#15. 실외. 회상. 시골 학교 운동장, 낮

자막

51년 전

어린 릴이 아이들과 분주하게 뺑뺑이를 타고, 오징어 놀이를 하고 있다.
어디선가 릴의 할아버지가 나타나서 정신없이 놀고 있는 릴을 향해 소리
친다.

릴의 할아버지 야! 저녁에 비웅게 볕단 덮어라 잉!

릴은 할아버지의 소리를 듣지 못하고 아이들과 놀이를 계속 이어가고 있다.

친구 느그 할아부지 댕겨 가신다. 이?

릴 (돌아서 보면 할아버지의 뒷모습이 보인다.) 이~잉. 그라네.

어둑한 하늘 아래 뿔뿔이 흩어지는 아이들 틈에 릴도 어둠 속으로 사라
진다.

소리(릴) 워메 비가 올라나부네~? 아이고, 배고파라 잉?

#16. 실외. 회상. 어린 릴의 시골집, 마당. 밤

자막

51년 전

밥숟가락 내려놓자마자 각자 바쁘게 움직이는 릴의 가족이 보인다.
각자 분주하게 움직이는 모습들이 정신없다.
누구 한 사람 차분하게 앉아 대화도 없이 각자 알아서 움직이고 있다.
릴이 이리저리 가족들을 정신없이 돌아보다가 엄마 옆으로 다가선다.
마루에 이리저리 흩어진 저녁상을 황급히 모아 이동하는 릴의 엄마.
그녀의 눈에 아들 릴은 안중에도 없다.

자막

(아버지 위로 자막이 따라다닌다.)

있으나 마나 한 냥반 / 아들 릴을 방치하며 상처 준 3호

릴의 아버지도 아들과 눈도 마주치지 않고 뒷짐 지고 마당을 가로질러 대
문을 나선다.
마당 한가운데 혼자 우두커니 서 있던 릴이 엄마를 향해 달려든다.

릴   엄마… 나, 아저꺼정 저녁…

자막

(엄마 위로 자막이 따라다닌다.)

<mark>엄마 자격 미달인 여자 / 릴에게 상처를 준 1호</mark>

엄마	야가 와 길을 막아 싸아? 잉? 절루가라잉? (하는데, 들고 있던 상 위의 그릇이 쏟아져 마당에 나뒹굴면, 쩌렁 한 소리가 시끄럽다.)
릴	(순간, 움츠러들며 겁을 먹는다.) …! 나 안 건드렸는디…!
엄마	이런 씨벌놈의 새끼가! 바뻐 죽겄는디! 이? 앞을 막고 지랄이여! 잉?
릴	아니, 나… 아저까정 밥. (억울하다.) 그라고 참말로… 엄니가 그… 지 뱃속으로 난 새끼한테. 잉? 그런 욕 허는 거는 쪼까 잉? (중얼거리는데)
엄마	쌍놈으새끼가 뭣 혀는디 까질러댕기다 쳐 와서 밥을 돌라고 지랄이여잉! 힘들어 죽겄구먼. 아이휴, 썩을놈으시끼!
릴	(그대로 풀이 죽어 서 있는데 갑자기 소낙비가 쏟아져 내린다.) 하이고, 배고파라….

33

#17. 실내. 회상. 시골 방, 밤

자막

51년 전

어린 릴이 피곤했는지 팔자로 늘어져 자고 있다.

빗소리가 지붕을 뚫을 기세다.

다급하게 방문이 열리면, 비에 흠뻑 젖은 분노에 찬 노인의 얼굴.

자막

(할아버지 위로 자막이 따라다닌다.)

어른 자격 없는 냥반 / 릴에게 상처를 준 2호

릴의 할아버지다. 그의 높이 쳐든 손에 작대기가 들려있다.

이렇다 저렇다 말없이 무작정 곤하게 잠자고 있는 어린 릴을 후려치려는

할아버지. 천둥소리, 번개 불빛이 번뜩이고.

잠결에 릴의 눈에 들어오는 분노에 찬 할아버지 얼굴.

'으악!' 비명을 지르는 릴을 향해.

이내 높이 쳐든 작대기를 내리치는 릴의 할아버지.

자다가 날벼락 맞은 어린 릴이 벌떡 일어서려는데 맞은 다리가 말을 안 든는다.

그런 영상 위로 들리는.

NA(릴)	내가 어떻게 상담사가 되었을까! 지금도 나는 가끔 꿈속에서 현실이라는 잔잔한 강물 위를 걷다가 두려움에 풍덩 빠져 허우적거리곤 한다. 두려움이 잡히지 않는 그림자로 몰려올 때도 있다. 마치 나에게 일치되지 않는 이상한 그림자처럼, 여전히 나는 내 삶이 불안정해 보여 내 옆에서 겉도는 그림자를 잡아 꿰매려고 애쓴다.
릴의 할아버지	이 쌍놈의 새끼가! 비온다고 벼 덮어 놓으라고 그리 말했건만!
릴	나 난, 못 들었는디⋯! (아직 잠결이다.)

다리를 잡고 쩔쩔매는 릴을 한 대 더 후려갈기는 릴의 할아버지.
릴의 할아버지는 아직도 성이 덜 풀렸다.
릴이 할아버지를 쳐다보지도 못한 채 말 안 듣는 다리를 이끌며 고통스러워한다.
후다닥 바닥만 보며 다리를 질질 끌고 비 오는 마당으로 널브러지는 릴.

#18. 실내. 숙자 방. 밤

어두운 조명 아래 릴이 악몽을 꾸는지 식은땀까지 흘리고 있다.
신음을 내며 숙자 품으로 파고드는 릴.
그런 릴을 잠결에 토닥토닥 해주는 숙자.

적막이 흐르고 (F.O)

(F.I)

#19. 실내. 숙자네 주방, 아침

아침을 분주하게 준비하는 숙자.

NA(릴)   학습하지 않은 결혼, 허수아비처럼 텅 빈 고단함과 허
              한 마음을 안고 어른이 된 아이. 그 속에 있는 나, 그리
              고 또 그 속에서 중년이 되어버린 나. 그런 내가 잘해보
              려고 움켜쥐면 쥘수록 삶은 빠져나가는 모래알 같았다.
              이런 현실을 멀리 날려버리고 싶기만 했던 내 자아. 그런
              데 나는 지금 한 여자를 만난 후 너무 행복한 사람이 되
              어있다.

숙자 뒤에서 뭐라 말하고 돌아서는 릴.

숙자   (돌아보면서) 자기야, 무슨 말을 할 때는, 내 눈을 바라보
              고 자기가 한 말을 입력은 했는지 확인되면, 그때 비로
              소 의사전달이 된 거야. 뭐라 그랬어? 다음부터는 내 눈
              을 보고 말해줘요. 부탁해요.

릴   (여전히 돌아서서) 알았어요. 난 그대가 가끔 울 엄마 같아

서 무서워져용.

숙자   (릴의 앞으로 다가서면) 아니, 나를 보고 말해달라고요. 퇴
근해서 집에 오면 편한 복장으로 서로 대화를 하면서 지
내면 안 될까? 왜 가족과 대화를 못 하고, 운동이다 산
책이다 밖으로 돌려고만 하는지 참… 자긴, 늘 정착이
안 되고 좀 산만해 보여요.

릴   (덜컹 주저 앉으며) 해! 자! 앉았어. 말해!

숙자   그것이 알고 싶다! 피디수첩! 캐고 싶다! 릴을 탐구하고
싶다. 난, 아직도 자기를 모르겠슈.

숙자   (설거지하다가 뒤돌아보면 아무도 없다!) 나, 누구하고 얘기
했니?

#20. 차 안. 도로 위, 아침

도로에 차가 줄줄이 늘어져 기어가고 있다.
릴이 라디오 주파수를 이동해 음악을 듣는데 뽕짝이다.
나훈아의 노래를 표정 하나 틀리지 않고 립싱크를 해댄다.
표정을 구겨 깊숙한 음정을 자아내는데,

#21. 실내. 회상, 굴속

자막

51년 전

어린 릴이 혼자 서있다.

흙더미 위에 장미꽃 한 송이.

자세히 보면 장미꽃과 함께 묶여있는 숟가락이 보인다.

가만히 손을 뻗어 그 숟가락을 빼어 드는 릴.

조명이 내리고 숟가락 마이크를 얼굴보다 높이 쳐드는 릴.

나훈아의 노래를 짙은 표정을 담아 뽑어내고 있다.

소리(릴의 엄마)   느그 숟가락 안 찾아오믄 뒤질 줄 알어라 잉?

노래하다가 그 소리에 더욱 눈을 질끈 감는다.

릴이 눈을 살며시 뜨고, 숟가락을 고민스럽게 쳐다본다.

에라, 모르겠다 싶은지 허리와 다리까지 꼬면서 요상한 음정으로 노래하

는 릴.

요상한 노랫소리 가라앉으면서 들리는,

NA(릴)   나는 왜 이런 환경에서 버텨내야 했던 것일까?

[인써트]

자막

(비 오는 날 문을 열고 들이닥쳐 릴을 후려갈기던 할아버지의 분노찬 모습 위로 타이핑되는 자막)

어른 자격 없는 냥반 / 릴에게 상처를 준 2호

소통 안 되는 가족들의 제각각 무엇에 홀린 듯 바쁘게 움직이는 모습.
아무 말 없이 배를 채우고 일어서 뿔뿔이 흩어지는 가족의 식사 모습.
우두커니 그런 그들을 쪽마루에 앉아 지켜보는 릴.
엄마에게 다가서는데 들고 나르던 밥상이 나뒹구는 모습.

자막

(그릇을 챙기려 엎드린 엄마 뒷모습 위로 타이핑되는 자막)

엄마 자격 미달 / 릴에게 상처를 준 1호

그런 그들을 뒤로하고 어둑한 하늘 아래 집 밖으로 사라지는 릴.

자막

(굴속에서 숟가락을 부여잡고 노래하는 어린 릴 위로 타이핑되는 자막)

본의 아니게 상처를 받고 성장하게 되지만,

그 상처로 인해 타인을 위로해 주는 상담사가 됨

NA(릴)   아무하고도 소통이 안 되는, 아니 소통할 수 없는 사람들. 편히 쉴 수 없는 환경, 나는 왜 그런 곳에서 태어났을까! 부모님은 나를 사랑은 했던 것일까? 사랑받지 못하고, 소통 안 되는 환경 속에서 과연 나는 커서 어떤 어른이 되어있을까? 몹시도 궁금해하며 어린 시절에 그 어둡고 긴 터널을 지나왔었다.

여전히 허리를 쥐어짜며 숟가락에 의지하여 고꾸라질 듯 짜내는 릴의 노랫소리가 제법 구수하다. 자꾸만 들어서일까!
텅 빈 굴속에 릴의 노랫소리가 울려 퍼진다.
작은 조명이 켜지면, 흙더미 위에 박혀 버티고 있는 시들어 고개 숙인 장미.
그 장미 옆에 단단히 묶여있는 숟가락!

NA(릴)   저 숟가락이 나에겐, 내 안에서 털어내지 못하는 고통, 분노를 토해 낼 수 있었던 통로였었다. 그 시절 목숨처럼 지키고 싶었던 숟가락을 향해 모든 것을 뒤로하고 달려갔었던 수많은 시간, 내 고독한 어린 시절의 열쇠였던 저 숟가락!

#22. 실외. 도로, 낮

시원하게 강변도로를 지나는 차의 행렬.
아침햇살이 강물에서 보석처럼 반사되어 눈부시다.

#23. 실외. 회상. 산 중턱, 정오

어린 릴의 손에 들려진 할아버지의 작대기가 태양조명 아래에 흔들리고 있다.
어린 릴이 흐느껴 울고 있다.
주변으로 펼쳐지는 장례 행렬.
형제들과 릴의 부모가 꽃상여 뒤로 줄줄이 따라 올라가고 있다.
누구 한 사람 슬픈기색없이 무표정으로 뒤를 따르는 가족들.

NA(릴)   나는 왠지 그 지팡이를 할아버지에게 돌려드려야 할 것만
                같아서, 그래서 할아버지의 무덤가에 심어드리고 싶었다.

묘지 옆에 뻣뻣하게 심기어진 앙상한 막대기가 어린 릴의 키를 훌쩍 넘는다.

NA(릴)   저 막대기는 할아버지의 유일한 소통의 통로였을 것이
                다. 자신을 알리기 위해 흔들어야만 했던 소통의 도구였
                던 것이다. 자신의 억울하고 속상한 마음을 알아봐 달
                라는 유일한 도구였을 것이다. 그래서 나는 할아버지의
                손에 쥐여 드리고 싶었다.

내려가는 장례 행렬 뒤로 할아버지 묘지를 돌아보는 릴의 표정이 이내 무너진다.

어린 릴   할아부지, 내가 잘못했어라~! 또 오께라!(끝내 눈물이 주룩 뺨을 타고 내려온다.)

릴이 눈물을 팔꿈치로 스윽, 닦아내며 멀어진 일행을 향해 내리 달린다. 저 아래 강물 위로 보석처럼 반짝이는 햇살이 눈 부시다.

소리(릴)   할아부지, 나 할아부지 항개도 안 미웠구먼? 단지… 아, 말 쫌 하구때려쌌어야 할 것 아녀~! 뭣담시 영문도 없이 때려싸부렀나 몰라. 뭔지 알구 맞아 싸야 들 억울하쟤이? 거… 쩌기, 할아부지 옆에 그 할아부지 대신 말해주던 막대기 쩌기 저 우짝에 내 잘 꽂아놔부렀응께. 은제든 또 할 말 있음 저 지팡이 더 써도 됭게. 잉? 찾지말~고 잉? 할아부지 우짝? 그 우짝에 잘 깊숙이 꽂아 놨응게 잉?

멀어진 일행을 향해 내달리는 릴이 한결 가벼워졌는지 튕기는 걸음으로 그들 틈에 섞인다.

소리(릴)   근디, 할배 이제서야 말 하는건디? 막대기도 아니고 힘도 아니고 말을 나한테 잉? 내 맴에 잘 담아줬어야제

엥? 그라야 나가 알고 할배맴을 알아차리지~잉? 할배 바보여. 바보구먼 참말로! 막대기 잘 꼽아놨응게 말하는 거 힘들걸랑 그기 우짝에 잘 있응게 막대기 집어드시셔 잉? 힝, 참말로 깝깝하게 살다 갔고마 우리 할배.

#24. 실내. 숙자 복덕 방, 낮

열심히 모니터를 바라보며 상상에 잠기는 숙자.
자판기를 두드리다가 피식 웃었다가 심각한 숙자.
그러다가 의자 위에 웅크리고 앉아 빙빙 돌아가는 재미에 한참 빠져있는 숙자.
언제부터 들어와서 지켜보고 있었는지 젊은 부부와 눈이 마주친다.

숙자	(놀라지도 않고 쿵, 일어서며) 아휴, 이런 언제부터 거기 에…. 부르시지 좀, 다 보셨겠네. 나 이상한 사람 아니고 (하는데).
젊은 부부	그래도 이상해 보이긴 했어요. 하하….
숙자	(쌩 까고) 물건, 찾아요?
젊은 부부	아뇨, 가게 좀 내놓으려고요.
숙자	내놓고 가요.
젊은 부부	?
숙자	(메모장 밀어주면)

젊은 부부	(묘한 분위기에 젖어 물건을 자세히 메모한다.)
숙자	아, 조건이 빠졌어요. 돈 많이 들었죠? 그래도 빨리 빼려면 철거 비용 들어가는 것보단 조금 양보하면 금방 훅, 빠져요.
젊은 부부	다른 부동산에서는 그렇게 말 안 해주던데….
숙자	권리금 많이 받아서 좀 챙겨달라고 하죠? 우린 권리금 장사 안 해요. 거 그거 챙기려다가 시간 지나면 계약 만료 시점에 철거 비용이 더 들어요. 그냥 서로 양보해요. 그럼 쉬워요.

#25. 실내. 텅 빈 복덕방, 낮

모니터를 주시하는 숙자.
모니터에 다닥다닥 붙어있는 포스트잇.
벌떡 일어나 커피를 내리는 숙자.
커피 향에 취해 미소를 짓는 미숙이 어깨를 들썩이며 행복하다.

숙자	오늘은 손님 그만 좀. (하는데)
노인	(배낭을 멘 노인이 들어선다.) 저기…. 물 한 잔만 얻어 마셔도….(하는데)
숙자	(반사적으로 튕겨 일어서며 반가운) 아휴, 그럼요~ 어디를 다녀오시는데 가방까지 메시고….

노인   (그런 숙자가 편하다.) 요즘 부동산시장이 어떤지 신규 분양
                       시장 돌아보는 중입니다.

(사이)
노인과 숙자 앞에 빈 물컵이 여러 개 놓여있고.
오래전부터 아는 사이처럼 노인과 숙자가 대화하고 있다.
문득, 눈을 크게 뜨는 노인이 숙자의 얼굴을 유심히 바라보면 숙자도 궁금
한 얼굴이다.

소리(노인)   혹시, 그…. 찬·숙·자 작가님?

#26. 실내. 촬영지, 세트장

스텝과 숙자가 세트장을 둘러보고.
출연진들을 확인하고 급하게 어디론가 가버리는 숙자.
그런 숙자를 향해 일제히 손 배웅을 하는 스텝들.

#27. 실내. 다른 촬영지, 방송국

토크쇼를 준비하는 세트장.
패널들과 주거니 받거니 진행을 위한 대본 점검을 하는 숙자.

아나운서로 보이는 여자에게 대본을 들춰주며 고개를 끄덕여 격려하는
숙자.

#28. 실내. 숙자의 방

모니터에 팡팡 터지는 자막과 포스 있는 등장인물의 얼굴.
중간에 잠깐 빵빵하게 모니터를 채우는 숙자의 모습이 만화로 자리하고.
아래로 작가 '찬땡땡' 자막 오른다.
누가 봐도 찬숙자인지 못 알아 먹겠다.
흥미진진한 기대감 주는 캐릭터의 등장인물들.
색감 있는 배경과 의상이 정감 있다.

#29. 실내. 숙자 복덕방, 낮

노인	근데 어떻게 이런 곳에서 전혀 아닐 것 같은 일을 하고 계서요?
숙자	영화 만든다고 뛰다가 투자자 만나러 여차저차하다가 부동산이랑 인연이….
노인	…! (숙자의 얼굴을 유심히 살피던 노인이 일어선다.)

문밖까지 나가 배웅을 하는 숙자의 모습이 후덕하다.

그 뒤로 두 사람의 대화 소리가 들린다.

소리(숙자)   이곳에서 사람 살아가는 여러 모습을 들여다보는 것이, 학
             습 장소나 다름이 없어서 아주 좋은 경험을 하고 있습니다.

소리(노인)   그… 작가님 드라마하고 영화는, 사람들의 인생관을 들
             었다 놨다하고 있지요. 한 번쯤 자신을 돌아보고 오래
             묵은 먼지를 툴툴 털어 내는 그런 과정을 선물해 주는
             작가로 유명합니다.

문을 닫고 들어서서 상담 탁자를 정리하는 숙자 모습 위로 들리는,

소리(숙자)   그런데 저 머리도 싹뚝 자르고, 얼굴에 살도 좀 붙여서
             복덕방 아줌마 이미지를.

소리(노인)   딱, 보니 알겠는데요. 하하!

소리(숙자)   들켰네요.

바로 문을 열고 들어서는 릴.

숙자   워, 칼퇴근?

릴   더 일하고 싶어도 붙잡고 받아 줄 사람이 없어요. (숙자의
             팔을 낚아챈다.) 우리 얼른 집 가서 옷 갈아입고 걸어요. 네?

숙자   (퇴근 준비 하면서) 가만 있어봐. 밥은 먹었어?

릴   먹었지요. 집 가서 그대 옷 갈아입을 동안 내가 맛있는

거 만들어 대령해 드릴게요.

숙자	(퇴근 준비하면서) 가만있어 봐봐.
릴	뭘, 맨날 가만있어 보래요. 답답하게!
숙자	…?

#30. 실내. 교회, 낮

 강단 아래 성찬 위원 틈에 릴이 서 있다.
목사님이 성찬기도를 하고 위원들이 나란히 빵과 포도주를 받아 든다.
예배 좌석으로 이동하는데, 릴은 포도주 쟁반을 들고 이동하고 있다.
잠시 후 좌석에서 한 여자를 발견하는 릴.

권사님	(릴이 다가오자, 입 모양만 '어머~!' 하면서 반가워한다.)
릴(작은소리로)	워메, 권사님! 여기 계셨어라? (포도주잔이 빽빽한 쟁반 들이민다.) 권사님은, 특별히 두잔!
권사님	(기겁을 하며 한·잔·만 하겠다는 신호) 아니, 한 잔만. (주변 성찬 위원들 급 당황!)
릴	(손으로 잔 들이켜는 시늉) 권사님, 원샷!
권사님	(더욱 민망하다. 한 잔만 얼른 홀짝 마시고 쟁반 들이미는 릴을 어서 가라고 손짓으로 권유해 보지만 쉽게 이동하려고 하지 않는 릴. 그런 릴이 부담스러운 권사님)
릴	(돌아서며 아쉽다. 한 손으로 손나팔을 만들어) 담엔 한 잔 더

드릴게. 권사님?

권사님 　　　오, 주여! (벌게진 얼굴로 급 돌아서 경건하게 눈을 감고 기도
　　　　　　　한다.)

릴만 아무렇지 않고, 모두 민망해 어찌할 바 몰라 하는 분위기.
여전히 성찬식의 묵직한 음악이 흐른다.

#31. 실외. 공원, 밤

숙자와 릴이 손을 꼭 잡고 산책 중이다.
릴이 뭐라고 계속 좋알대고 있는데 점점 다가가서 들어보면 확실히 들린다.

릴 　　　담엔 두잔 드린다고 했어요.

숙자 　　　(놀란다.) 성물이야 자기야! 성스러운 성찬식에 한잔, 두
　　　　　　잔을 권하다니!

릴 　　　아니… 뭐, 한 잔 더 마실 수도 있지. (하는데)

숙자 　　　(기가 차서 말이 안 나온다!)아주 잘하셨습니다. 그냥 계시
　　　　　　면 알아서들 한 잔 이상은 절대로 안 드십니다!

릴 　　　왜, 음주단속에 걸릴만한 양도 아닌데요.

숙자 　　　…!

릴 　　　윽! (숙자의 발에 까였다. 여전히 중얼중얼) 감질나서 그 손가
　　　　　　락만 한 잔에다가…, 와인잔으로 한 잔씩들 마셔야 줬다

고 소리 듣지. 나 참.

#32. 실내. 식당, 저녁

릴이 음식을 주문하면서 막걸리를 한 병 주문한다.

숙자	(의자 밑에서 막걸리를 주전자로 옮기는 걸 보면서) 성찬 위원 하지마.
릴	그래서 주전자에 담아서 물처럼 마시려고 했어요.
숙자	편하게 마시고 하고픈 거 다 하고, 교회에서는 그런 거 하지 마. 교회에서 가운 입고 나풀나풀 휘젓고 다니지 마. 그냥 하고 싶으면 식당 봉사만 해.
릴	그래도 그 성찬 위원들 가운 입고 근엄하게⋯. 그것도, 좋아하는 포도주를 한가득 들고 다니면 기분이 막. (하는데)
숙자	하지 마, 그러다 죽을 수 있어. 성물 함부로 만지면 안 되는 걸로 알고 있는데 난? 술 끊고 성찬 위원 하려면 해. 난 이제 잔소리 안 할 거니까 알아서 해.
릴	(무섭다.)⋯! (술잔 들었다 놨다.)
숙자	(태연하게 음식을 오물오물 씹어 넘기면서) 검증을 하고 성찬 위원을 시켰어야지. 아우 참.

#33. 실내. 숙자 복덕방, 낮

텅 빈 사무실에 앉아 있는 숙자.

숙자가 손거울을 집어 든다.

무의식적으로 거울을 얼굴에 들이대는데,

확대경에 주먹만 한 눈알과 마주친다.

순간적으로 놀라서 거울을 덮는다.

다시 거울을 집어 들고 펼치면 아래쪽 작게 보이는 거울.

숙자의 얼굴이 보이는데. 머리 위에 흰머리 한 가닥 번뜩인다.

그 흰머리 한 가닥 부여잡고.

숙자	우어~억! 흰머리다!(놀라 흰 머리카락 잡은 손이 튕기면서 그 흰머리 한 가닥이 뽑혀 나간다. 그것 또한 놀랄 일이다.)
숙자	아, 안돼! 머리카락 한 올이 얼마나 귀한데!

(사이)

숙자, 텅 빈 사무실에 앉아 여전히 돋보기 거울에 보이는 큼직한 자신에 얼굴을 마주하고 있다. 숙자가 신기한지 입을 벌려 뭐라뭐라 소리 없이 자신과 놀고 있다.

(사이)

서류 봉투를 가슴에 부여안고 들어서는 여직원.

여직원	다녀왔습니다.

숙자	다 마무리된 거지? (머뭇머뭇 거리더니)근데, 내 나이 얼마 만큼 들어 보여?
여직원	한, 서른?
숙자	?
여직원	여덟? (이상한 표정)
숙자	아, 그래? (머리가 산발이다.)
여직원	아직, 흰머리도 없으시고….

#34. 실내. 숙자의 거실, 저녁

TV 모니터에 릴의 강의가 시작된다.
관중석에 젊은 청년들이 빼곡하게 자리하고 있고,
대형 스크린에 강의 주제가 보인다.

누구든 변화하는 겉모습을 열어보면,
그 속에는 아직도 꿈 많은 순수한 어린아이가 살고 있습니다.

릴이 관중석으로 마이크를 들고 파고든다.
환호성이 터지는 관중들과 어우러지는 릴.
릴이 밝은 표정으로 짧게 인사하고 박수갈채를 받으며 퇴장한다.
아쉬움이 남은 관중석에서 이어지는 갈채 소리가 계속 이어진다.
모니터에서 빠져나오면, 식탁에 한쪽 다리 오므리고 아줌마처럼 퍼질러 앉아 양푼을 끼고 열심히 식사하는 릴.

그런 릴을 바라보고, 모니터로 시선을 돌리면서.

숙자   비교된다. 진짜루!

릴   아이, 비교하지 마셔요. (입가에 빨간 양념이 삐에로같다.)

            아, 들기름 최고다 최고! (비빔밥을 퍼내다 튕겨 나오는 열무

            다발, 밥 뭉치) 어헝, 가지마 얘들아~!

모니터에 보이는 근사한 릴과, 앞에서 비빔밥과 씨름하는 릴이 대조된다.

숙자   (TV 모니터에 릴을 바라보며) 나, 저 남자하고 살고 싶다.

릴   옆에 있을 때 행복한 줄 알고 살아, 여보. (입에 매달려 있

            는 열무)

숙자   그렇지? (돌아보면 여전히 열무김치하고 씨름하고 있는 릴)

#35. 실내. 숙자 복덕방, 낮

숙자가 심각하게 누군가와 통화를 하고 있다.

숙자   …저, 이제 손 뗄라구요. 당분간 쉬면서 삶의 순환이 잘

            안되는 곳에서 좋은 역할 하면서, 행복하고 연결된 일에

            치중하고 싶어요.

소리(국장)	이번엔 찬 작가가 손을 좀 대야 해서 그래. 아무도 그 색깔을 못 낸단 말야.
숙자	음…! 저, 지금… 이 복덕방 운영에… 차질… 생기는데?
소리(국장)	걱정하지 마! 마침, 우리 동생 부동산에 유능한 직원들 많이 데리고 있는데, 거기서 이번 일 마칠 때까지만, 몇 명 빼 올라니까.
숙자	그럼, 그… 직원들 먹이고 재우고 그거 (하는데)
소리(국장)	그건 내가 알아서 할 테니까. 답 줘 얼른, 할 거야 말 거야.
숙자	그럼… 나야 뭐, 안 할 이유가 없지요.
소리(국장)	오케이! 쬐끄만 복덕방 가지고.
숙자	이곳을 통해서 사람들이 행복의 질이 달라진다고요. 만만한 곳이 아니에요.
소리(국장)	찬 작가, 거기서 신규 아이템 찜어내고 있지? 복덕방이 뭐냐~ 복덕방이….
숙자	아이… 그, 그걸 어떻게, 근데 그러다가 진짜 좋은 일 많이 하고 있단 말이에요.
소리(국장)	안 봐도 뻔하지. 거 방 구할 돈 없는 사람 대신 임대인 구슬려서 중간에 돈도 대가면서 중개료도 안 받는 곳이 있다고 하더니만, 쌓이는 건 그 부동산 문 앞에 호박 보따리, 오이 보따리, 감자 보따리, 커피, 아이구…. 그거 얻어 먹으라고 거기 아까운 사람이 앉아 있는 거야?
숙자	얼마나 고마우면 그런 걸 퍼 날라요~ 돈보다 귀한 정이에요. 정. 아 휴, 국장님은 방송국에 틀어박혀서 화려한

것만 보고 사셔서 고달픈 사람들의 애환을 잘 모르시네.

문을 열고 챙모자를 쓴 아주머니가 보따리 들어 보이면서 들어서다가 통화하는 숙자를 보고, 한쪽에 정성스럽게 내려놓으며, 오이 한 개를 꺼내 '이거 오이다'라고 알려주고 나간다. 숙자가 고맙다고 고개를 끄덕이면서 통화를 이어간다.

소리(국장) 이번엔 오이야?

숙자 네, 좀 가져다드릴게요. 오이무침 해서 드세요.

#36. 실내. 숙자 복덕방, 낮

작은 사무실에 책상이 두 개 더 놓아지고, 거기에 똘망하게 생긴 남녀직원이 앉아서 자료를 정리하고 있다.

숙자 이 상권이 좀… (하는데)

똘망녀 오피스텔 5천 세대, 상가, 숙박시설, 그리고 고정 배후 수요에 완벽한 상권이라서 자리만 잘 찾아서 입점시켜 놓으면 꿈쩍하지 않고 오래갈 수 있는 상권입니다.

똘망남 검토해 보니, 대부분 1년 안에 망해나갈 수밖에 없는 자리에 입점된 상점들이 대부분입니다.

숙자 그거야, 그거! 제 자리를 찾아줘야 하는데 자기 자리를

못 찾아서 딱 1년이면 망해서 손 털고 나간다고요. 내
그걸 보고 그냥 있을 수가 없어서 이상권에 사명감을 안
고 앉아 있었다고요.

똘망남   전문가보다 더 뛰어나신 것 같아요. 벌써 소문이 자자하
시던데요? 이 부동산에서 입점시킨 자리는 절대 망하지
않는다고요.

숙자   허, 그래요?

릴   (언제부터 있었는지, 그런 그들 뒤편에서 덩달아 흥이 난다.)

#37. 실내. 편집실, 낮

작가들이 열심히 작업 중이다.

숙자   (그런 그들에게 간식을 공손하게 놓아주고 있다.)

새끼작가1   이런 건 저희가.

숙자   아휴, 아냐~ 나이들음 이런 거라도 잘해야 해. 노안 오
고 손가락이 제각각 놀기 시작하면, 이런 거라도 해야
지. 생각만 초롱초롱해져서.

새끼작가2   (뜬금없이) 작가님, 이 씬에서 이 어르신을 죽여요? 살려요?

숙자   죽여야 하지 않을까?

새끼작가2   저는 개인적으로 이 어르신은 좀 살려두다가 다른 장소
한 곳 더 다녀오게 한 후에 죽이시죠?

숙자	그래요. 좀, 하루라도 더 살려둡시다.
새끼작가1	(자신들 대화에 놀란다. 키득키득)
숙자	(생각난 듯) 참, 거 곱게 죽입시다. 고생시키지 말고. 웃으면서 죽는 거야. 번개 치는 날 번쩍! 사진 찍는 줄 알고 씩, 웃다가 벼락 맞아 죽는 거야.(숙자의 묘하게 심취해 있는 표정)
작가들	……? 헐~

숙자가 돌아서 밖으로 나간다. 그 뒤로

소리(새끼작가2)	좀 독특하지 않냐? 저 캐릭터? 돌아댕기는 보물창고. 막 나와!
소리(새끼작가1)	저 분이 지금 한 지역에서 부동산시장을 흔들어 놓고 계신다잖아. 거기 주머니 챙기는, 장사하러 간 부동산 다 문 닫게 생겼데?
소리(새끼작가2)	즐기는 사람 못 이겨. 아무도! 인물이야. 인물.

#38. 실외. 숙자 복덕방, 낮

황금색 두꺼비 모양의 복덕방이 빌딩 앞쪽에 위치 해있다.
사무실 밖으로 줄지어 빙 둘러놔진 채소며 과일이 장난이 아니다.
숙자는 그걸 운반 도구에 그득 싣고 어디론가 향한다.

#39. 실내. 오피스텔 복도, 낮

열려있는 문에서 중년의 여자가 나온다.
숙자가 두 손에 가득한 채소며 과일을 들이민다.

여자	세상에나 지난번 주신 것도 아직 있는데요.
숙자	많이 드세요. 잘 드셔야지 혼자 계시는데, 저 가요?
여자	고맙습니다. 이런 복덕방 사장님이 또 어디 있을까! 집도 거저 얻어주시고 세상에나…. 요즘 세상에 이런 분이 계시다니….
숙자	아휴, 그런 말씀 마세요. 쉬세요? 오래오래 사세요~~!

돌아서는 숙자를 하염없이 바라보는 여자.

#40. 실외. 빌라, 낮

빌라로 들어서는 숙자.
숙자가 계단을 올라가고 나면.
공동현관 안으로 보이는 계단.

소리(숙자)	어머니! 저 왔어요!
소리(여인)	세상에나, 이게 다 뭐예요! 매번.

58

소리(숙자)	별거 아니에요. 저도 다 선물 받은 거고, 이거 나누는 중이니까 부담 갖지 마세요.
소리(여인)	아휴, 내가… 이거.
소리(숙자)	또, 또 눈물, 뚝!…저 가요?
소리(여인)	뚝! (훌쩍거린다.) 감사합니다.

빌라 계단으로 내려오는 숙자.
공동 출입문이 열리면서 숙자가 나온다.
가벼운 미소로 하늘을 올려다보고 어깨를 으쓱하는 숙자.

숙자	아~ 이런 게 바로 행복이구나! 날씨도 좋고, 아, 행복하다. 아자아자아자! (양 주먹을 암팡지게 쥐고 기지개를 켠다.)

한쪽 분리수거 장소에 폐지 줍는 남자가 보인다.
그걸 지켜보는 숙자.
수레가 이동하는데 탑처럼 쌓아 올려진 폐지 더미가 위태하다.
저만치 코너를 돌고 있는 폐지 더미를 따라 같이 기우는 숙자의 머리.
코너를 돌아 폐지 더미가 사라지고 나서야 제자리 찾는 숙자 머리.

숙자	됐다!

#41. 실내. 국장실, 낮

국장 자리 회전의자에 앉아 조용히 돌면서 재미에 빠져있는 숙자.
국장이 커피 원두를 오래된 기계로 돌돌 돌려가면서 분쇄하고 있다.
그걸 지켜보는 숙자.

숙자   작품 흥행해도 저는 작가명 오픈 안 할 거니까 부탁드
      려요.

국장   남들은 이름 석 자 내세우려고 죽어라 머리 쥐어짜는데….

숙자   전 평지에서 오래오래 여러 삶을 바라보고 싶어요.

국장   암튼, 별나 (돌아보는데, 숙자 없다!) 나, 누구하고 말한 거니?

국장   (전화기를 들면)

소리(숙자) 국장님 제발, 하지마 하지마! 그거 커피기계 박물관에
      기증하고 그냥 상인들 노력하는 곳에서 소비 좀 일으켜
      주세요. 아우 별나 진짜, 커피 한 잔 얻어 마시려고 하다
      가 답답해서 나왔네. 그냥….

국장   야, 이게 얼마나 낭만 있는데!

소리(숙자) 낭만은 개 풀 뜯어 드시는 소리하고 계셔 아주. 담부턴
      그거 커피 그냥 내가 사 갈게. 국장님, 제발 그 기계 좀
      돌리지 마. 돌아버릴 거 같으니까.

#42. 실내. 작가사무실, 낮

작품에 몰입하고 있는 자리마다 간식 보따리 안겨 주는 숙자.
꾸벅, 허리 숙여 '잘 부탁한다고' 인사하는 숙자.
그런 숙자가 고맙고 부담스러운 어린 작가들.

숙자   스피드한 세상에 정감 있고, 소통되고, 사람 사는 잔잔
한 감동, '아로나민 골드' 같은 그런 작품, 먹은 날과 안
먹은 날 비교해 보세요! 먹고 싶은 영양제, 보고 얻어갈
수 있는 작품.

숙자, 나가고 가운데로 모여 거의 파티 수준 되는 작가들의 활기찬 모습.

#43. 실내. 숙자 복덕방, 밤

시뮬레이션으로 상권을 분석하고 있다.
입점한 상점마다 점수가 나와 있는데 100점짜리는 10%도 안 된다.
어느 상점 위에는 마이너스 표시까지 얹어있다.
유동 인구별로 소비 측량이 저절로 계산되어 시간대별로 통로마다 평균
소비가 뜬다.
20대라고 표기된 사람들이 정신없이 우르르 몰려서 흘러가고 있다.
계속 같은 연령대의 흐름 상권.

숙자가 포인트로 다른 한 곳을 가리키면,
지출 소비 높은 상권이라고 표기된 곳에
소비 세대가 연령대와 상관없다는 데이터가 한눈에 들어온다.

숙자   자, 이 상권에 다들 입점이 잘못되어 있잖아. 위치마다
                  제 역할에 맞는 업종이 들어가 줘야 상권도 살고, 임대
                  인과 임차인 상호 간 유지도 오래 가는 건데… 이거, 자
                  리 다시 찾으려면 시간 좀 걸리겠는걸.

숙자가 키워드를 한 개 누르자마자 시뮬레이션에 펼쳐진 위치별 업종이 혼
란스럽게 움직이더니 각자 자리를 찾아간다.
데이터에 100% 완전한 표기가 차오른다. 유동 인구, 배후 수요 모두 정확
한 시간대별 소비와 상호에 쌓이는 매출이 데이터에 오른다.

숙자   오케이!

#44. 실내. 숙자 복덕방, 낮

직원들 앞에서 시뮬레이션을 열고 브리핑하는 숙자.
직원들, 눈이 휘둥그레진다.

숙자   왜요, 이런 거 처음… 봐요?

직원들	이건 정말, 최고 수준인데요? 전문가도 이런 분석은 못 빼요!
숙자	아니 뭐 부동산을 하면 이런 게 열려있어야, 돈 되는 자리 넣어줘야지. (신났다.) 그게, 그… 가만히 얼마 동안 지켜보고 있자니 망해 나갈 자리만 찾아주는 그런 부동산도 있더라고.
직원들	(재밌다.) 망해나가는 그런 자리를 소개한다? 하하.
숙자	몇 달 있다가 짐 쌀 때쯤 되면, 다음 고객 그 자리 담가 놓는 거지.
직원1	그 자리 들어가면 바로 썩는 거네요. 속 썩어, 돈 깨져 완전 폭삭!
숙자	사람을 살리는 자리에 입점시켜야지. 젊은 애들 돈 쏟아 부었다 완전 (목 그어댄다.) 끽!

#45. 실내. 숙자 집, 저녁

릴이 운동 가방 들고 나가는 걸 열린 방문 사이에서 바라보던 숙자.

숙자	적당히 해라~? 집에 정착 못 하고 왜 고된 몸을 쉬지 못하게 끌고 다녀. 어?
릴	(움찔, 들켰다.) 네. 저 잠깐 댕겨올게요.
숙자	몸도 적당히 사용해야 오래간다. (다가와 쳐진 팔뚝 살을

늘어뜨리면)이거 봐라. 이거 이거, 이 몸땡이가 고통스러워서 늘어진 거! 아이그~ 주인 잘 못 만나서 이거 몸땡이가 고생을 허네. 가자면 가고, 착한 몸땡이 적당히 좀 사용하셔 좋은 말 할 때. 어?

릴   (무섭다.) 네, 그래도 저 갔다 올 거예요.

숙자   안 잡아, 가! (릴의 궁둥이를, 발로 퍽! 차 버린다.)

릴   (엉덩이 맞으면서 눈을 질끈 감고 웃겨 죽는다.) 윽. 살려주십쇼 마님.

#46. 실내. 숙자 서재, 저녁

빼곡한 책이 보이는 서재.
안에 깊숙이 자리하고 앉아 있는 숙자.
열심히 작업을 하고 있다.
책을 들추고, 모니터에 열심히 끄적이고 있는 숙자.

숙자   (몰입되어 중얼거린다.) 재능이 너무 많아서, 미안 숙자야. 몸 고되지 않게 적당히 사용할게.

#47. 실내. 극장, 시사회

빼곡한 관람객들의 환호 속에 무대 위를 오르는 출연진들.
길게 들어서는 스텝 뒤에서 숙자가 자신을 억지로 끌어올리려는 국장의
손을 밀친다.

숙자	(거머리 떼어내듯) 이러지! 않으신다고! 약속하셔 노, 코, 서! 아휴.
국장	얼른 올라가서 얼굴 한 번만 비추고 내려와라, 쫌!
숙자	난, 얼굴이 팔각형이라 원래 편집 안 하면 얼굴 안 내민다고 그리도 말씀드렸건만.
국장	(숙자를 가만히 들여다보면 진짜 팔각형이다.) 팔각형이네 진짜. 안 되겠다. 이해 간다.
숙자	아우, 큰 날 뻔했네!
국장	(이 감독 향해 제스처로 숙자 얼굴 가리키며 입 모양 '팔각형!')

무대 위에서 그 모습을 보고 웃음을 참는 이 감독이 다시 관중석으로 시
선 돌린다.
출연진들이 뭐라고 소감을 말하고, 관중석에서 환호가 쏟아진다.
잠시 후 영화가 상영된다.
프로필 자막이 올라가는데 뽀샵 과하게 된 숙자 얼굴.
숙자의 실물과 완전 딴판이다.
포스 있는 숙자 모습 위로 작가 이름이 통통 떠다닌다.

찬. 숙. 자. 자. 숙. 자. 숙. 찬. 난리가 아니다.

이름 석 자가 제각각 통통 튀다가 날아가 버린다.

혼란스럽다. 이름이 명확히 뭔지 모르겠다.

소리(국장)	내 선물이야.
소리(숙자)	이런 쎈쓰를 발휘하시다니! 감사합니다. (별로 맘에 안 드는 말투)

#48. 실내. 극장 로비

몇몇 배우들과 인사를 나누는 국장과 숙자.

어디선가 나타나는 이 감독.

한 무리가 어깨동무하면서 씩씩하게.

소리(그들)	사랑이 가득한 세상! 평화로 가득한 세상! (하는데)
숙자	이미 다 알고 있어서 이제 기 집어넣지 않아도 됩니다!
이감독	작가님 작품을 다듬다 보면, 무슨 기계에 기름치는 기분이 들어요. 안 돌던 기계도 돌아간다니까요?
국장	그 표현 아주 죽인다.

#49. 실내. 할머니 포장마차, 밤

포장마차로 우르르 들어오는 일행.
숙자 보자마자 반가워하는 할머니.

이감독	할머니 국수 먹고파 왔어유?
국장	여기만 오면 할머니 국수가 눈에 밟혀서 암것도 못 해요. 못 해.
숙자	그래요. 할머니 진짜루… 우리 국수 말아주세요. 오늘은 두 그릇씩 네?
이감독	(거 지나친 거 아닌가?)…?
할머니	찬 작가님 쥐 눈이 콩만큼 잡숫는 거 내가 다 알아요. 허허.
숙자	에이, 그래도 주세요. 다 먹을라니까. (가느다란 벨트를 죽 뽑아 목에 두른다.)

다른 일행이 들어오면서 화기애애한 분위기에 합류한다.

#50. 실외. 거리, 밤

거리에서 흘러나오는 노래.
그 앞에 서성이며 음악에 취해 있는 숙자.

마침, 숙자에게 걸려 오는 전화.

소리(준)	사장님, 고마워요.
숙자	내가 고맙지. 니 음악이 작품을 확 살려줬잖아.
소리(준)	덕분에 저 이번에 방송 출연 잡혔어요.
숙자	너 엄마한테 감사해야 해. 학급 성적 떨어져서 교장선생님한테 맨날 불려 다니는 교사들 틈에서 엄마가 너 음악만 하게 하려고…. 그 맘고생 얼마나 심했는지.

거리마다 준의 노래가 흘러나온다.

소리(숙자)	짜식, 넌 타고난 천재야.

저만치 사무실 직원1, 2가 건물마다 뒤지고 다니는 모습이 보인다.
숙자를 발견한 그들이 냉큼 다가온다.

직원1	대표님, 여론조사, 실수요자 흐름 상태, 매출 실적 등 파악해 보니 역시 대표님 분석이 맞았습니다.
숙자	아니… 왜? 내가 분석한 걸 또다시 왜, 해요? 시간 아깝게?
직원2	그래서 교체해야 할 업종들 분석하고 다녔습니다. 제자리 못 찾아서 매출 떨어지는 것뿐 아니라 보증금 까먹고 있는 업주들이 태반입니다.

숙자	그래, 그거예요! (여전히 들려오는 준의 노랫소리에 관심이 쏠린다.)
직원들	어, 이 노래는 그 영화 OST!
숙자	(의미심장한 미소)
직원들	뇌가 긴장하는 느낌인데요? 막 사랑도 땡기고, 음식도 땡기고, 살맛도 땡기고….
숙자	좋죠? 이 음악이란 게 상황에 따라 맛이 달라요.
직원2	도대체 못 하시는 게 뭐예요?
숙자	있어. (혼잣말) 애교라고……!

#51. 실내. 극장, 밤

영화를 관람하고 나오는 인파 속에 파묻혀 밀려 나오는 숙자.
그들의 평을 듣고 있는 숙자.

어느 남자	햐, 나 오늘 한참을 울었네.
그 남자의 아내	나도, 크 진짜 감동! 스릴! 우리가 너무 퍽퍽하게만 살아온 거 같아서 후회돼.
다른 학생	야, 수많은 영화 중에 최고야. 최고! 나도 저 주인공처럼 행복하게 아이들한테 좋은 아빠가 될 거야.
그 학생 친구	우리 부모님께 내가 너무 말을 막 했어, 그럴 때마다 부모니까 참고 있었겠지만 얼마나 마음 아팠을까? 말도 못

하고 자식이라서…. 이 죽일 놈! (자신을 자책한다.)

숙자가 화장실 앞에 서서 그들의 평을 하나도 놓치지 않고 다 듣고 있다.

소리(숙자)   오케이! 이제 학교에서 상영할 교과적인 작품을 만들어
서 퍽퍽한 사회구조 속에 아이들을 위로해 보자. 영상으
로 아이들에게 더 큰 사랑을 지닐 수 있도록 해서 부모
에게 돌려줘야지. 그 부모들도 철 없이 커버린 아이들인
데, 급변한 사회 속 아이들이 버거울 거야.

#52. 실내. 숙자네 거실

릴이 운동 가방 들고나오다가 숙자를 발견하고 다시 돌아서 들어간다.
즉시, 다시 나오는데 빈손으로 나온다.

숙자   하루는 좀 쉬고, 나랑 입으로 놀자. 말 좀 섞으면서…
릴   그래요.
숙자   내가 못 하는 것이 있다면 남편하고 대화를 섞어나가는
위대한 일을 잘 못해.
릴   (다소곳하게 앉아서) 나도, 그래요 여보.
숙자   남들은 다 우리를 부러워하는데 우리 집을 훤히 들여다
보면 내가 남편과 대화에 궁핍해 있다는 걸 알까? (화가

치밀어 오른다.) 아니, 근데 이 냥반이 왜 집에다 궁둥이를 못 붙이고 운동에 목숨을 걸어? 아, 진짜 적응 안 되네?

릴   그러니까요? 집에 가만히 있는 걸 난 왜 못하는 걸까요?

숙자   어릴 적 문제가 있었던 거야. 자긴 유명한 강사고, 난 이름만 대면 다 아는 작가지만, 정작 남편하고 말 섞는 일에는 자신이 없으니.

릴   다, 내가 못나서 그래요. (진짜 풀이 죽었다.)

숙자   아냐, 자기도 피해자야. 어린 시절 우리 부모 세대는, 모두 전쟁을 겪고 열악한 환경에서 가난하고 분주한 시대 속에서 살았어. 그리고 그 환경을 잘 버텨낸 위대한 분들이라고. 그 피해의식 가득한 삶 속에서 꿋꿋하게 잘 살아낸 당신도 위대한 피해자.

릴   당신은 잘하고 있어요. 내가 문제지.

숙자   운동 못해 죽은 귀신 있어요? 집안에?

릴   네.

숙자   ? 자긴 안정이 필요해요. 저녁이면 가족이 모여서 오순도순 (하는데)

릴   난 집안에 가만히 있는 게 아직도 불안해요. (표정 밝게) 여보, 운동만큼 중요한 게 없어요.

숙자   그니까 내 말이…. 그 운동을, 가족이 모이는 시간 피해서 하라는 거지. 난….

릴   노력해 볼게요.

숙자   관뚜껑 덮으면 바뀌겠지. 그 노력.

| 릴 | (긴장한다.) 너무, 무서워요. 마님. (운동 가방 껴안고 쏙, 현관문을 빠져나가 버린다.) |
| 숙자 | (릴이 빠져나간 현관에 서서) 우리 부부가 이렇게 사는 거 남들은 하나도 이해 못 하지. 복에 겨워서라고 할 거다. |

#53. 실내. 아파트단지 목욕탕

아파트단지 목욕탕에 꼬맹이들이 냉탕에서 온탕을 메뚜기떼처럼 옮겨 다니고 있다.
고함치고, 웃음소리, 천진난만한 아이들의 모습.
다들 아이들의 소리에 신경은 쓰이지만, 그저 웃어넘기고 있는데 한쪽에서.

| 건달 같은 | 야! 이, 쒜키들아! 증말, 조용히 안 할래? |

그 소리에 아이들이 순식간에 얼음이 되었고, 노인들이 놀라서 가슴을 움켜쥐며 움츠리고 눈을 꼭 감고 있다.

| 건달 같은 | (상구를 지목하고) 이런, 바가지 같은 놈이 애들을 죄다 몰고 다니고 있는 거야. 어? |

그 바가지 같은 상구가 릴을 바라보면 릴이 표정으로 '괜찮아!'라고 안심시킨다.

릴	아효~ 애들이 신나서 그만, 이놈들아 어르신들 계신데….
	조용조용히 목욕해야지! 여긴 수영장이 아니잖아~
아이들	네! (슬로우 모션으로 물속에 다들 기어들어가 목만 동동 떠 있
	다.)
건달 같은	(아직도 성이 안 풀렸는지 버럭 일어나는데 릴의 얼굴에 건달 같
	은 이의 궁둥이가 스친다!)
릴	나 참, (겁 먹었다.) 이런 게 민폐네~ 저한테 아, 왜 이러
	세요~ (움츠러든다.)
건달 같은	(무시하고 스윽, 나가는데 물을 거의 끌고 나간다.)

건달 같은 이가 사라진 목욕탕에 아이들이 난리가 났다.

거기에 합류하는 릴.

온탕과 냉탕으로 이동하는 아이들 틈에 릴이 섞여 있다.

작은 냉탕에서 수영 시합하는 릴.

미꾸라지에 소금 뿌려 놓은 듯한 광경.

릴을, 대장님! 하면서 따르는 아이들.

릴	애들아, 나를 따르라!
아이들	네, 대장님!
소리(할아버지)	저건 또 어디서 나타난 인물이여? 꼭, 소금 뿌려 논 미꾸
	라지 탕 같네 그려.

난리가 아니다. 파도처럼 일어나는 목욕탕 물.

탕에서 나온 릴과 상구가 할아버지 옆으로 와 앉는다.

상구	교수님, 우리 엄마 아빠 매일 저 혼내요.
릴	너 잘되라고 하시는 거야.
상구	근데 막 욕해요. 울 엄마가.
릴	(심각하다.) 욕은, 좀…. (그러다가) 자, 거울을 봐봐. 너 잘생겼지? 너같은 애가, 잘 못 될까 봐 걱정되니까 얼마나 화가 나시면 욕을 하시겠니?
상구	그럴까요?
릴	넌, 리더십이 넘쳐. 정치나 변호인이 될 것 같은데 말이야? 그러려면 가끔 센 사람들하고 상대를 해야 하니까…. 엄마가 미리 너를 단련 시키시는 거 아닐까? (하는데 어디선가)
소리(할아버지)	거, 걔네 엄마 입 걸어! 아주 잘못 걸리면 죽어! 뭔 놈의 단련이여. 원래 욕 잘 혀!
릴	(돌아보면 노인이 눈치 없이 계속 나불거리고 있다.) …아휴, 어르신, 거…. 등 좀 밀어 드려야겠네! (상구도 함께 거든다.)
할아버지	애가 손이 참 야물딱지구만.
릴	어르신 이다음 뭐 한 자리할 녀석입니다.
할아버지	어찌 알어? 고걸.
릴	딱, 보면, 앱니다.
상구	(자신을 인정해 주는 릴이 고맙고 감사하다.) 헤헤…

할아버지 등을 밀고 있는 릴의 뒤로 상구가 조용히 다가가 릴의 등을 벅벅 문질러댄다.

릴	고맙다 바가지!
상구	울 엄마 별명이 바가지예요. 교수님, 우리 엄마 듣는 데서 바가지 박자도 꺼내지 마세요. 죽을 수도 있어요!
릴	……헐!
할아버지	거 봐, 내 말이 맞잖여!
상구	(자신을 돌아다보는 두 사람을 향해 끄덕이며) 맞아요. 욕, 엄청 잘해요. 울 엄마….
릴	(그런 상구가 안쓰럽다.) 울 엄마 생각이 갑자기 왜 나는 걸까.
상구	(의아하게) 왜 갑자기 엄마 생각이 나세요?
릴	(뿌연 수증기를 바라보면 릴 엄마 얼굴 보이고 욕을 마구 쏟아내고 있다.) 욕 ('욕'만 입 모양) 제조공장 대표님이셨거덩.
상구·할아버지	(영문도 모르고 우와, 입을 떡 벌리며, 릴을 다시 본다.)…!
할아버지	제조공장 대표님이시면, 어머님이 기업가이셨구먼~ 어쩐지 리더십이 있더라 했더니만.
상구	(더욱 릴의 등을 벅벅 문지르면서) 대단하신 가문이시네요.
릴	(뜻하지 않았던 분위기가 불편하다.) …?

상구는 '아, 울 엄마하고 비교된다.' 움츠러드는 분위기에서 벗어나고팠는지 벌떡 일어나 아이들 틈으로 합류한다. 그 뒤를 다시 따라붙는 상구 일행.

#54. 실내. 숙자 집, 낮

가위를 들고 릴의 머리를 향해 들이민다.

이발 보자기를 두르고 얌전히 앉아 있는 릴의 덥수룩한 머리.

가만히 보면 헤어샵이 아닌 숙자의 집.

이발 기계를 꺼내 징~! 하면서 릴의 머리를 능숙하게 다듬는 숙자.

릴의 손이 스윽, 숙자의 허벅지를 만지면,

숙자	(어눌한 외국인 말투로) 아저씨, 거긴 2마년!
릴	(다시 숙자의 가슴을 살짝 스치고 눈치 보면)
숙자	아저씨 거긴, 써비스! 5처년.
릴	(재미있다. 신나서 숙자의 치마 밑으로 손을 쑤욱 집어넣는데!)
숙자	(어눌한 외국인 발음) 아저씨! 돈 많아?
릴	(떨리는 목소리) 저, 돈… 없어요! (깔끔하게 마무리된 헤어스타일에 흡족한 릴.)
릴	마눌님, 최고!
숙자	내가 이거 하난 잘 배워둔 거 같아. 어릴 적 그 영화가 아직도 가슴에 남아있잖아. 외국 여배우가 아들하고 남편의 머리를 다듬어 주는데 너무 아름다워 보이더라고, 그래서 나도 이다음에 남편 머리는 내가 손질해 줘야지. 그런데, 하고 있네?
릴	성공했네요.
숙자	그렇지.

자신 목에 붙어있는 머리카락을 쓸어내리는 숙자를 슬며시 돌아보는 릴.

서로의 눈이 마주치고 은근한 눈빛으로 서로의 얼굴이 가까워지고 릴은 기대에 찬다.

숙자의 입이 릴의 눈으로 다가오면 릴은 침을 꼴깍 삼키며 가만히 눈을 감는다.

숙자	꽉, 감아! (목젖이 보이고 잠시 어두운 화면) 후우~~! 됐다! 눈에 머리카락 들어갈 뻔했음!
릴	(여전히 분주한 숙자 바라보면서 허탈하다.) …!
숙자	합이 5만 원인데…. 오늘은 다 무료야!
릴	감사합니다. 마님. (아쉬운지 숙자의 가슴을 한 번 더 터치한다.)
숙자	(심각하게 정지하고 릴을 격하게 쳐다보다가) 벌금 10만 원! 과태료 대상!
릴	(얼음 된다.) …!

#55. 실내. 릴의 상담실, 낮

여러 사람이 원형으로 앉아 있다.

어느 남자가 주저하며 말을 꺼내기 시작하려는데 한 남자가 먼저 입을 연다.

남자1	우리 집사람은 내가 다 벌어서, 집하고 적금통장까지 줬

는데 개무시해요.

| 남자2 | 우리 아내는 늘 제 단점만 지적해요. 그래서 제가 바보가 되는 것 같아요. 뭘 잘해도 눈치 보게 되고, 이게 잘못한 건 아닌가 싶고, 위축되어서 살맛이 안 나요. |

릴 　그러시군요. 저도 가끔 아내 앞에만 서면 왜 작아지는가… 하기도 하답니다.

남자들 　(일제히) 상담사님도요? 얼랄라 별나라 일이네?#@$%!

여러명의 남자와 릴이 사랑방 같은 분위기 속에서 상담이 진지하게 진행되고 있다.

때로는 눈물을 닦아내고, 때로는 화기애애한 상담실 안의 모습이 지나간다.

그들에게 지루해하지 않고 끊임없이 관심으로 미소 지어주고 반응해 주는 릴.

분위기가 처음과 달리 서로 편안한 관계가 되어 마주 보고 웃고, 옆 사람의 어깨를 토닥여 주는 사람들.

그들을 바라보며 보람을 느끼는 릴의 행복한 표정.

#56. 실내. 숙자 복덕방, 낮

손님과 마주하고 있는 숙자가 진지하다.

나이 지긋한 아주머니가 눈물을 닦고 있다.

숙자 　(다짜고짜) 뚝~!

아주머니	(훌쩍이며 익숙하게) 네, 뚝!
숙자	좀, 그만 짜요. 이제!
아주머니	집 좀 팔아줘. 제발.
숙자	아이 뭐, 내가 노력한다고 되나? 돈 갖고 집 필요한 사람이 와야지. 하나님밖에 못 해요.
아주머니	하나님밖에 못 해?
숙자	기도 하시자고요. 한 달 안에 팔리면 나 모해 줄래요.
아주머니	복비, 두 배 주께!
숙자	그런 거 하지 마요. 돈으로 해결하려고 하지 마요. 다른 부동산이었으면 더 달라고 했을 거야. 그런 말 나오자마자.
아주머니	내 그거 빨리 해결되면?
숙자	고만, 국밥 한 그릇 사요. 법정수료료 외에 고마우시면 국밥 한 그릇. 네?
아주머니	내가 이래서 이 복덕방 아니면 안 된다니까?
숙자	걱정하지 마시고 얼른 집 가서 보글보글 호박 넣고 된장찌개 해서 한 그릇 시원하게 드세요. 된장만큼 살아서 장까지 가는 유산균이 없다잖아요. 오래 사셔야죠. 면역력, 아자아자!

#57. 실내. 아파트목욕탕

바가지 상구가 메뚜기떼 같은 친구들을 이끌고 냉탕 온탕 우르르 몰려다니고 있다.

대견하게 바라보는 어른들이 있는가 하면, 귀찮고 짜증 난 표정으로 돌아 앉는 어른도 보인다.

온탕 한쪽에서 만두 같은 수건 눌러쓰고 꾹, 눌러앉아 있는 릴이 슬며시 눈을 뜨고 여유 있는 포스로 상구를 향해 손짓으로 오라고 한다.

계속 릴을 주시하고 있던 상구.

릴의 까닥이는 손짓에 기다렸다는 듯이 벌떡 일어나 달려온다.

상구	(조아리며) 예, 대장님!
릴	어… 거, 애들 좀 조용히 시키게나.
상구	넵! 염려마십쇼.

메뚜기들이 상구의 손짓 하나로 일제히 조용히 냉탕에서 얼굴만 동동거 린다.

포스 있게 그들을 돌아보다 다시 지긋하게 눈을 감는 릴을 일제히 돌아보 며 놀라워하는 사람들.

릴이 보이지 않는 목욕탕에 메뚜기떼 같은 상구 일행이 다시 난잡해지고 수선스럽다.

"거, 조용히 좀 해!" "뉘 집 자식들이여! 하이구, 이거 혼란스러워서 목욕 못하겠구먼!" "야, 짜식들아! 이놈으 셰끼" 아무리 해도 더 날뛰는 아이들.

그러다가 상구 일행이 일제히 어느 한쪽을 바라보며 벌떡 일어나 굽신거 린다.

다시 고요해지는 상구 일행.

사우나실에서 만두 모자 여전히 눌러쓴 릴이 상구 일행을 향해 손으로,
'됐어, 됐어' 하면, 다른 어른들이 신기해한다.

릴이 냉탕에 들어가는데 아이들이 홍해처럼 갈라져 길을 만든다.

릴이 냉탕으로 입수하자 만두 모자만 남아 동동거린다.

만두 모자를 들고 초조하게 기다리는 상구.

조용히 올라오는 릴의 반쯤 텅 빈, 휑한 머리가 오리알처럼 보인다.

키득, 웃고 싶은 상구가 헛기침한다.

만두 모자를 다시 각 잡아 세워 릴의 머리에 얹어주는 상구.

상구 일행이 달려들어 릴의 어깨를 안마한다.

릴이 바라만 봐 줘도 너무 좋은 상구. 릴의 옆에 찰싹 붙어 앉는다.

상구	교수님, 전 교수님이 멋있어요.
릴	(만두 모자 없고, 여전히 눈을 질끈 감고) 왜요.
상구	몰라요 그냥요.
릴	(상구를 돌아보며 상구 머리를 스윽, 넘겨준다.)
상구	(너무 황송하다.) 교수님은, 우리를 이해해 주시잖아요.
릴	이해한다기보단 나도 니들처럼 놀고 싶어서 이해하는 척, 같은 편된 거야 임마.
상구	어쨌든, 우리 편이잖아요.
릴	편이 어딨어 임마. 어른들은 몸이 변해가는 아이들이야. 자기 몸이 변하는 것을 죽도록 이해하기 싫어하는 못된 아이들. 난 순수한 니들이 더 좋아. 저 봐라 저 나이도 얼마 안 먹은 아저씨가… 아까 막, 니들한테 욕했지? 봐

봐, 저게 어른처럼 보이냐? 원숭이지.

돌아보니 젊은 남자가 탈의실 밖에서 드라이기로 아랫도리를 말리다가 '꺄 오~!' 한다. 낄낄대는 상구 일행과 릴이 같이 웃는다.

릴	아마 익었을걸?
상구	출출할 텐데 집에 가서 그대로 꺼내먹으면 되겠어요.
릴	(귀를 의심하고 상구를 돌아본다.) …?
상구	어버버버… 아, 농담입니다. 죄송합니다. 히히.

멀리서 보이는 릴과 상구 일행을 바라보는 노인이 신기한지 갸우뚱한다.

할아버지	거참, 신기허네. 애들이 죽어라 말 안 듣다가 저 냥반만 나타나면, 참말로 허 참!

#58. 실내. 엘리베이터 안

유난히 수줍어하는 아들을 데리고 들어서는 아이 엄마.

아이 엄마	(수줍게) 안녕하세요? (애를 재촉하며) 인사드려야지!
숙자	(지나칠 정도로 수줍음 많은 모자의 모습에 나선다.) 아휴, 우리 아드님 커서 변호사 되겠네. 얼굴에 쓰여있어요.

아이 엄마	수줍음이 많아서 (하는데, 숙자가 말 막으며)
숙자	무슨, 그런… 우리 아드님, 말 잘하게 생겼네요. 저, 봐요. 눈도 말하잖아요. 씩씩하고 생각이 많아서 남들보다 느릴 뿐이지 절대 안그래요. 두고 보세요. 커서 판사나 변호사 되겠어요.
아이	(손가락 물고) 변호사가 뭐야 엄마?
아이 엄마	응, 말 많은 사람 있어.
숙자	응, 맞아 말을 많이 하는 사람인데? 억울한 사람을 변호해 주는 사람이지.
아이	좋은 일하는 사람이야? (여전히 엄마 다리에 껌딱지다.)
숙자	진짜, 씩씩하게 생겼네?

엄마 뒤에서 꼼지락거리며 수줍어하는 아이.
아이가 자신을 씩씩하다고 격려해 주는 숙자를 의아하게 쳐다본다.
귓속말로 숙자가 아이 엄마에게 뭐라고 말한다.

소리(숙자)	절대 아이 듣는 데서 '우리 아이는 숫기가 없어요.'라고 말하지 마세요. 그러면 아이들은 자기가 그런 줄 알고 행동해요. 아셨죠?
소리(아이 엄마)	아, 감사합니다!

#59. 실내. 엘리베이터 안

유치원 가방을 들고 들어오는 아이 엄마와 아들.
지난번보다 더 적극적으로 숙자를 향해 인사하는 아들.

아이 엄마	(스스로 인사하는 아들을 보며 놀라면서도 고맙다.) 너무, 감사드려요.
숙자	잘생겼다. 분명히 커서 변호사 될 거야. 말을 너무 잘하니까.
소리(숙자)	어느 유명한 앵커가 어릴 적 엄마가 늘 자신을 뒤로 감추면서 애는 수줍음이 많아서요~ 그래서 자신이 그런 줄 알고 컸대요.
소리(아이 엄마)	우리 아이가 요즘 발표도 잘하고, 완전 자신감 넘치는 아이로 바뀌었어요. 말이 그렇게 중요한지 몰랐어요.
숙자	(아이를 바라보며) 변호사님, 다음에 또 만나요?
아이 엄마	(여전히 독촉한다.) 대답해 드려야지? 엄마 뒤에 숨지만 말고 어서~
숙자	(그런, 아이 엄마가 못마땅하다.) 와, 눈하고 얼굴 생김새가 멋지게 생겼네? 변호사님, 다음에 또 만나요?

엄마 뒤에서 조금 편안한 모습으로 고개를 내밀어 숙자에게 미소 짓는 아이.

#60. 실내. 숙자 거실, 저녁

초인종이 울리면 화면에 아이 엄마가 보인다.
현관문을 열면 아이 엄마와 아들이 기분 좋게 서 있다.
아이 손에 들려있는 쇼핑백.

아이 엄마	저 우리 아이가 선생님 드린다고 초콜릿을 준비했어요.
숙자	어머머머 세상에나! 아니 무슨 (아이 앞에 무릎 꿇고 앉아) 아줌마 주려고 선물 준비한 거야? 변호사님한테 선물을 다 받다니! 이런 영광이 다 있을까! 고마워요. 변호사님?
아이	네, 헤. (자신감이 붙었다.)
숙자	와, 목소리가 멋있었구나? 이런 멋진 목소리 자주 들려주세요?
아이	(엄마보다 먼저 얼른 답을 한다.) 내 목소리가 멋있어? 엄마?
아이 엄마	어… 어, 우리 아들 목소리 멋있지~

#61. 실내. 엘리베이터 안

아이가 엄마한테 기분 좋게 웃으면서.

아이	아줌마가 내 목소리가 멋지데~!
아이 엄마	그렇지? 그 멋진 목소리 친구들에게도 많이 들려주자?

아이	응(기분이 너무 좋다.)
아이 엄마	(행복하다. 아이 머리를 계속 쓰다듬다 내리면서 중얼거린다.)
	하나님, 감사합니다. 저런 분을 이웃으로 보내주셔서.

아이 엄마, 본인이 더 자신감이 붙는다.
엘리베이터 문이 열리면, 아들의 손을 잡고 당당하게 어깨를 펴고 나서는
아이 엄마. 아이도 덩달아 그런 엄마를 보고 어깨를 편다.
덩실덩실 엄마 손을 잡고 나가는 아이.

#62. 실외. 숙자 아파트 앞, 낮

숙자와 릴이 손잡고 집 앞을 나온다.
펑퍼짐한 운동 복장으로 산책을 나서는 길이다.
어디선가 한 무리의 상구 일행이 몰려오다가 릴을 발견한다.
'대장님!'을 외치며 달려오는 상구 일행.
지나가던 주민들이 그런 모습에 묘하게 관심이 쏠린다.
릴이 포스 있게 한 손을 뻗어 올리면서 "어이!"
릴이 한쪽 발 쭉, 뻗어 나가려 하는 순간,
숙자가 릴의 배를 팔꿈치로 그냥 후려갈기며.

숙자	어디까지 진출할 건데?
릴	(그런 숙자 눈치를 살피면서) 있다가 냉탕에서 만나자. 이?

상구 일행	넵! 대장님! 얘들아, 가자! 대장님 산책하신다.
숙자	(와르르 몰려가는 일행을 어이없게 쳐다보며) 적당히 해라!
릴	네.

#63. 실외. 공원, 낮

유모차에 한가득 올망졸망한 강아지들이 담겨있다.

그 유모차를 끌고 총총걸음으로 산책하는 아가씨가 다가온다.

필사적으로 튀어나오는 릴의 반응.

소리(릴)	(올망졸망 강아지들만 보인다.) 아따, 으째쓰까이? 겁나 이 뻐부러이?

센 억양의 사투리와 뻗정다리로 다가오는 릴의 포스.

그 포스에 아가씨는 반응도 못 하고 얼굴이 굳어서 눈썹이 휘날리며 달아

난다.

숙자는 입꼬리를 늘리면서 릴의 주둥이를 몰아 쥔다.

릴	음! 음!… #$@&%$
숙자	건달이야? 어? 니가 건달이야? 하지 말라고 내가 했어~ 안 했어. 어?
릴	(아직도 주둥이가 풀려나지 못 했다.) 음음#@$%$#!

숙자	(한쪽으로 릴의 주둥이를 홱! 내팽개친다.) 갖다 버려, 이 주둥이 알았어? 나 진짜 살다 살다 이런 별난 주둥이하고 살기는 내…. 허이구!
릴	마님, 다신 안 그럴게요. 화 푸세요. 네?
숙자	아, 진짜… 이걸 갖다버릴 수도 없고…너, 몇 살이지?
릴	60이요.
숙자	85세까지 산다고 치자.
릴	더 살 거예요.
숙자	그건 니 생각이고. 그럼, 앞으로 25년을 이 제어 안 되는 인간하고?
릴	히, 25년씩이나 마님하고 더 살 수 있다는 건 정말 설레는 나날들이에요.
숙자	(햇살을 받은 릴의 해맑은 얼굴이 달덩이 같다.) 잘 생겨서 내 봐준다.
릴	고맙습니다, 마님…. 네, 가시던 길 가시죠.

숙자는 큼직한 릴의 손에 감싸여진 자신 손을 바라본다. 릴을 다시 쳐다본다.

숙자	자기야.
릴	녜, 마님.
숙자	(말 떨어지기 전에) 하지 마. 그 표현!
릴	저는 영원한 마님의 딸랑이입니다요.

숙자	쌰랍!
릴	네, 마님.
숙자	난, 자기가 참 좋다!
릴	그르쥬~?
숙자	쫌, 진지해 봐라. (눈, 깜빡이며 한쪽 발 앞으로 쿵, 내딛고.) 이눔으 시캬.
릴	헐, 남편한테…!
숙자	(릴의 볼을 양옆으로 주욱, 늘리며) 아유~ 귀여워 죽겠네. 증말!

손을 꼭 쥐고 더듬더듬 걸음마를 이어가는 노부부의 산책이 눈에 들어온다.
릴과 숙자, 노부부를 멈춰서서 바라보며 미소를 짓고 있다.

숙자	참 행복해 보인다.
릴	…(더듬더듬 걷는 노인의 다리만 보인다.) !
숙자	(노인을 바라보는 릴이 진지하다.) 모해?
릴	우리도 저렇게 다리 힘없어질 때가 오겠지?
숙자	그대는 관뚜껑 덮을 때까지 절대 그럴 일 없을 거야. 내가 보장한다.
릴	(곰곰이 생각하다가) 난, 자기가 꼭 조교 같아! 이런다! 알았나! 앉아! 일어서! 헤헤.
숙자	입 닫는다. 앞만 보고 걷는다. 알았나!
릴	네, 대장님!

#64. 실내. 숙자 안방, 새벽

곤하게 자는 숙자와 릴의 얼굴.

아래로 내려가면 숙자 다리가 릴의 허벅지를 지그재그로 감고 있다.

릴의 손까지도 숙자 배 위에서 숙자의 손에 쌓여있다.

릴이 행복하게 자고 있다.

갑자기 알람이 울린다.

릴이 일어나려는데 손과 발이 숙자에게 단단히 장착되어 있다.

손과 발을 풀고 가만히 일어나 알람을 끄고 다시 눕는 숙자.

릴	(피곤하다.) 왜 일어나지도 않으면서 알람을 그렇게 일찍 맞춰놔요~!
숙자	눈뜨는 시간이지 일어나는 시간 아냐.
릴	아우… 증말, 별래요 여보는요.

숙자가 무릎을 오므리면서 릴을 툭툭 친다.

릴도 자연스럽게 다리를 오므린다.

둘은 같은 방향으로 오므린 다리를 오른쪽 왼쪽으로 이동하면서 아침 운동을 한다.

숙자	(눈 감고 있다.) 오른쪽, 왼쪽, 오른쪽, 왼쪽, 위, 아래 5분 동안 계속한다.
릴	아, 왜 새벽에 이래요. 잠 부족한데.

숙자	잔말 말고 따라 한다.
릴	네. 허이구…!

#65. 실내. 릴의 상담실, 낮

살짝 열리는 문틈으로 어두운 표정을 들이밀다가

이쪽을 보자마자 환하게 표정이 바뀌는 내담자.

릴과 마주하고 있는 내담자.

말은 안 하고 자꾸 먹기만 하는 내담자.

육중한 몸을 보며 걱정은 되지만 이내 내담자를 보며 미소를 짓는 릴.

다시 일어나서 간식을 잔뜩 안고 오는 릴.

탁자 위에 쌓인 간식이 다시 거의 바닥이 난다.

포만감을 안고 슬쩍 입꼬리가 올라가는 내담자.

릴도 입꼬리를 올려준다.

릴은 가만히 기다려 준다.

내담자	저, 지난번 제 손잡고 기도해 주셨잖아요~?
릴	응, 그랬지요.
내담자	그날 이후 누군가 날 위해 기도하고 있다는 생각에 그냥 마음이 행복해졌어요.
릴	(화들짝 놀라며 몸이 앞으로 쏠린다.)아, 그랬어요?
내담자	네, 전 아직 한 번도 누군가로부터 위로를 받아본 적이

없었거든요. 이젠 누군가로부터 '내가 위로를 받고 있구나!'라는 생각에 정말 행복합니다. 이제 저도 누군가 힘든 사람이 있다면 위로할 수 있을 것 같아요.

릴   (뿌듯하다.)

내담자   내가 받은 이 평안함을 나누고 싶어졌어요.

릴   (미소로 고개를 끄덕인다.) 내가 다 위로를 받는 것 같아서 행복합니다.

내담자   정말 고맙습니다. 세상이 전부 달라졌어요. 이젠 두려워하지 않겠습니다. 지금, 내 안에 이 행복감을 맛보고 나니까, 위로함을 한 번도 맛보지 못한 사람들이 갖는 남을 미워하는 마음은, 다른 사람의 상처에서 고름을 짜내는 잔인한 일이었다는 것을 깨달았습니다.

릴   (뿌듯하다.) 아, 다행입니다.

내담자   물론, 환경이 나를 아프게 했지만 이젠 그 환경을 딛고 일어서서 다른 삶을 만들어 갈 수 있는 힘이 생긴 것 같아요. 자신감도 솟구쳐 올라서 견딜 수 없이 행복합니다. 저 이제 자신 있습니다. 감사합니다. 고맙습니다.

릴   아니, 무슨 내가 한 거라고는 두 손 잡고 기도해 드린 것밖에는.

내담   저도 이제 도움이 필요한 사람들에게 두 손을 잡고 기도해 주겠습니다. 그것이 얼마나 강한 자신감을 일으켜 주는지…. 그리고, 그 자신감 때문에 행복해지는지를 이제 알았습니다.

내담자는 벌떡 일어서더니 육중한 몸으로 릴을 향해 큰절한다.

구부린 허리춤 주머니에서 비집고 나오는 사탕과 과자들.

릴이 얼른 일어서라고 하면서 그것들을 주워서 다시 주머니에 넣어주며.

릴	아이쿠, 이러지 마시고 얼른 일어서…. (하는데 육중한 몸이 꿈쩍을 않는다.) 이런…!
내담자	(본인도 버겁게 자신을 일으키려고 안간힘 쓰다가 결국, 간신히 일으킨다.) 끙!
릴	(그걸 힘겹게 지켜보다가) 우와!

#66. 실내. 방송국

분장했는지 화장기 있는 릴이 핀마이크를 하고 무대에 오른다.

관중석에서 기립박수로 환호하며 릴을 맞이한다.

기대 이상의 반응에 멈칫, 움츠리다가 다시 그들을 바라본다,

다시 얼굴에 미소를 짓고 당당하게 관중을 마주하는 릴.

진지하게 강의하는 릴.

관중석에서 누군가는 눈물을 닦는가 하면.

폭소로 배꼽을 잡는 사람들.

관중석 중앙에 숙자도 있다.

숙자가 흐뭇한 표정으로 릴의 강연을 지켜보고 있다.

열띤 강연이 진행 중이다.

때론 포스 있는 릴의 모습.

때론 구구절절, 때론 폭소 넘치는 강연장.

마무리 인사를 마친 릴을 향해 기립 박수하는 관중들.

#67. 실내. 숙자의 집, 거실

소파에 앉아 과일 깎는 릴.

릴의 무릎에 다리를 올리며 드러눕는 숙자.

릴	(칼을 든 손 아래로 숙자의 발이 쑥, 들어온다.) 마님, 저 칼 들었어요!
숙자	(대수롭지 않다.) 아, 그래.
릴	과일 깎는 거 안 보여요?
숙자	보인다.
릴	그런데… 왜, 이러세요. 아, 저한테 진짜 왜… 그러시는데요~!
숙자	뭘!
릴	거기… 눌렸어요. 좀, 놔 주세요!
숙자	(고개를 들어 자신의 발끝을 보니 릴의 거시기를 꾹, 누르고 있다.) …어, 미안!
릴	아이씨, 진짜… 요즘 갱년기가 왔는지 민감한데 자꾸만… (그러다가 잠시 생각 끝에 칼을 내려놓으며) 나, 이거 안

	할래요!
숙자	깎아라!
릴	(다시 칼을 들면서) 네.

과일을 먹으면서 드라마를 보는 숙자와 릴.

가끔 낄낄대며 릴의 예민한 곳을 발로 건드리면 소심하게 얼굴을 찌푸리는 릴.

그런 릴을 심각하게 바라보는 숙자가 눈과 입에 힘주면.

다시 표정을 불편하게 펴는 릴.

#68. 실내. 숙자의 방, 새벽

알람 소리가 들린다.

누군가 일어나 그 알람을 끈다.

자세히 보면 릴이다.

릴	잠 쫌 자요~ 알람 울리면 일어나던가. 네?
숙자	눈뜨는 시간이야. 아침에 벌떡 일어서면 못써. 내가 오늘 무엇을 위해 살아야 하나… 설계도 하고 그림을 그리는 시간이 필요한 거야.
릴	(…?) 그림, 다 그렸어요?
숙자	됐다! 다리 올린다. 오른쪽 왼쪽 위아래 5분 동안 지속

	한다.
릴	(더 자고 싶다. 불만이다.) 아! 왜, 남에 몸까지 자기 것처럼 사용을 해요!
숙자	따라 합니다.
릴	네. (운동 마치고 주섬주섬 일어서며) 전 아침 준비하러 나가볼게요.

주섬주섬 일어나서 방을 빠져나가는 릴의 꽁무니가 초라하다.

#69. 실내. 숙자네 주방, 아침

토스트를 만드는 릴의 손이 능숙하다.
콧노래가 피아노같이 리듬을 탄다.
갑자기 릴의 몸이 붕 뜨면서 들려진다.
릴이 머리를 숙여 아래를 내려다보면.
산발을 한 숙자에 손이 릴의 사타구니를 들어 올리고 있다.

릴	아, 증말… 왜 이래요? 아침부터 이건, 성희롱이에요.
숙자	아자 아자!
릴	왜, 아침부터 나한테 와서 힘을 쓰고 그래요!
숙자	똥침이 났냐? 이렇게 스킨쉽이 났냐.
릴	아, 왜 그래요! 불안하게…어, 이거 탄다! 자, 다됐어요.

얼른 식탁으로 가세요.

숙자   (산발의 머리로 부시시 서 있다.) …헤헤.

릴   (물 묻혀 숙자 머리를 다운시켜 놓으며) 쫌, 여성스럽게 가만
            히 좀 계세요.

숙자   난 무늬만 여자야. 히히. 자 먹자.

릴   무서워요. 그런 표현!

슬립을 걸친 숙자의 어깨끈 한쪽이 내려와 있다.
숙자 걸음걸이 포스가 장난 아니다.
그런 숙자를 신기하게 쳐다보는 릴.

릴   (자신도 모르게 흘러나온다.) 신기한 캐릭털쎄!

숙자   (자리에 앉으며) 니도 신기한 캐릭털쎄!

릴   에고, 들었어요?

숙자   내 귀는 쏘머즈다. (릴이 귀여운지 암팡진 표정으로) 이놈으
            시키야!

릴   아, 마님~! 그러지 마요~!

#70. 실내. 숙자 복덕방, 낮

심각한 여자가 앉아 있고, 말쑥하고 세련된 숙자가 진지하게 입을 연다.

숙자	그 자리는 그 업종이 들어오면 1년도… 아니, 개업발 3개월 합이 6개월이면 끝장나는 위치에요.
손님	다른 부동산에서는 그 자리가 아주 좋은 자리라고 하던데요?
숙자	자, 보세요? (지도를 가리키면서) 이 손바닥 상권에서 소비할 수 있는 수요를 갈라 보자고요. 출퇴근하는 수요, 짐 풀고 저녁 시간대 이동하는 수요, 관광객, 이곳이 수요가 지출이 가장 높겠죠? 그리고 배후 수요. 이들은 시간적 경제적 여유 있는 사람들이 모여 사는 곳이에요. 그럼, 답이 보이죠?
손님	그러네요? 자리 잘못 안내받은 거네.
숙자	그 위치는 1년이면 망해서 공인중개사가 1년마다 돈 벌어갈 수 있는 상권이고, 이 자리는 여사님이 돈 벌어갈 수 있는 상권이요. 딱, 1년 만에 망해서 나가는 자리만 기가 막히게 잡아주는 선수도 있어요. 그런데 저는 그런 자리는 못 찾겠더라고요. 아니, 양심이 허락을 안 해줘서 못 해요. 솔직히!
손님	(그런 숙자가 신뢰가 간다.) …저 …그럼, 지난번 말씀하신 그 자리로 결정하겠습니다.
숙자	안쪽 상권! 돈이 마르지 않는 상권으로 가셔야 매출이 오르겠죠?

손님의 얼굴이 환하게 핀다.

#71. 실외. 숙자 부동산 앞, 낮

사무실 안에서 숙자가 손님과 대화 중이다.

사무실 문을 열고 들어서려던 릴.

릴이 다시 돌아서서 어디론가 걸어간다.

(사이)

차를 두 잔 사 들고 사무실 문을 열고 들어가는 릴.

그런 릴을 돌아보는 숙자와 손님.

그들 앞에 차를 두 잔 놔 주는 릴의 포스가 오늘따라 장난 아니다.

손님	(조심스럽게 주저주저 일어나서 고맙다고 표시하다가 릴을 유심히 살피면)
소리(숙자)	아, 그만 봐요. 남의 남편 다 닳겠네. 멋있죠?

다시 문을 열고 나오는 릴.

소리(손님)	세상에! 그 유명한 박사님을 여기서 뵙다니. 아휴, 잠깐 얼어서 사인도 못 받았네!
소리(숙자)	그 사인, 제가 받아다 드릴게요.
소리(손님)	오모나, 정말 감사합니다.
소리(숙자)	아, 무슨… 감사까지. 그 사인이 뭐라고. 안 해주면 내 묶어놓고서라도 받아 낼라니!
소리(손님)	아이… 아이… 뭐 그렇게까지. 아호, 진짜 그러시는 거

아니죠?

(아직도 릴쪽 바라보고 있는 숙자) 엄마? 아주 좋아죽네. 좋
아죽어. 나이가 몇 갠데 아저까정 저리 좋을까?

소리(숙자)　　　아주 좋아죽습니다. 공기가 있어도 숨을 쉴 수조차 없을
만큼 나는 저 남자 없으면 한시도 살 수가 없습니다.

릴이 돌아보면, 창문으로 손을 흔들며 배웅하는 숙자.

소리(손님)　　　아이 쫌, 이리 와 봐요! 진짜 참말로 남편 없는 년 어디
서러워서…. 아이 진짜, 계약 안 할까?

소리(숙자)　　　부러우면 지는 거예요. 거리에 널린 게 남잔데. 혼자 사
는 남자 하나 잡아다 행복하게 해 줘요.

#72. 실내. 릴의 상담실, 낮

머리를 감싸 쥐고 책상에 흥건하게 흘러내린 눈물에 한 남자가 파묻혀 있다.
순간 확, 들어 올리는 그 남자의 얼굴과 마주하자 흠칫 놀라는 릴.
다시 침착한 모습을 하려고 안간힘을 쓰는 릴.
아직도 멍한 그 내담자의 얼굴 위로.

소리(릴)　　　　나는 사실, 이런 사람들이 두렵다.(릴의 두렵고 멍한 표정)

소리(눈물의 남자)　엉엉! 남자라서 안 울려고 그랬는데, 마치 허공에서 아

무엇도 잡을 수 없는…. 그런, 아니 깊이를 알 수 없는 물속으로 빠져들어 가는데…. 지푸라기 하나라도 있으면 잡고 싶은데…. 아무것도 잡을 수 없이 빠져드는 그런… 공허함이 밀려와서 전 너무 두려워요.

릴   (중증 환자 같은 내담자가 두렵다. 침만 꼴깍 삼키고 있다.) …?

눈물의 남자   엉엉! 육신과 정신이 분리되는 느낌을 선생님은… 아세요? 그 두려움이 얼마나 큰지, 죽는 것보다 더 두려운 거요! 엉엉!

릴   (간신히 입을 연다.) 그동안 소중한 사람들을 지켜내려고 하시다가 그 두려움이 튼튼한 선생님의 자존감을 바닥 내버렸어요. 약 복용은 계속하고 계시죠? 약 복용도 필요합니다.

눈물의 남자   (다시, 자신이 쏟아낸 눈물 콧물 범벅으로 파고 든다.) …어 … 흑…!

릴   (하마터면 소리 나올뻔 했다.) 우-우-웍! (메스껍다.)

소리(릴)   (콧물 범벅에 들러붙어 있는 내담자의 뒤통수가 차라리 안 무섭다. 편안한 음정을 되찾고) 약 복용 잊지 마시고, 사람과의 관계 회복을 하시면서 다시 자존감을 회복하시면 그것들이 채워지면서 공허함이 사라질 거예요.

눈물의 남자   (인기척이 없다.) …?

릴   (그냥 내담자가 차라리 잤으면 좋겠다. 전문가처럼 제스처까지 한다.) 마치 깊이를 알 수 없는 물속에서 발에 닿는 디딤돌이 나타나고, 그것을 딛고 한발 한발 물 밖으로 올라

올 수 있는 그런 회복이요. 꼭이요!

눈물의 남자	(벌떡 일어나는데 콧물이 치즈처럼 들러붙어 늘어난다.) 듣기만 해도 안정이 됩니다. (울다 남은 여운에 아직도 어깨까지 들썩인다.)
릴	(경직된다. 한 번 던져 본다.) 뚝!
눈물의 남자	뚝!
릴	(신기해서 자신이 놀란다.) 옳지! 이제 눈물 좀 닦으시고…!
눈물의 남자	(귀신같다.) …!
릴	(거울을 조심스럽게 그 앞에 갖다 대주면, 확, 놀라는 내담자가 '으으, 무서워요!) 제가 아니고, 선생님이신 거 아시죠?
눈물의 남자	(자신을 가리키며) 저예요?
릴	(고개를 끄덕여 준다.) 네, 본인…!

#73. 실외. 집 앞 벤치, 밤

숙자와 릴이 앉아 있다.
상구 일행이 다가오자.

숙자	하지 마, 하지 마. (하는데, 말 안 듣는다.)
릴	(벌떡 일어나면서) 워메, 아그들아 워디들 댕겨와부냐~!
상구 일행	교수님, 아름다우세요! 두 분.
릴	워메, 앗따 이 표현력 좀 봐라. 잉? 가정교육이 완전히

	끝내 부렸네.
상구 일행	우리 엄마 아빠, 맨날 바빠서 같이 앉아 있는 걸 못 보는데…. 아, 부럽당.
숙자	어맛, 그게 정말?
상구 일행	네.
숙자	(손가락을 우다다닥 일으키면서) 면회 좀 해야겠는데?
상구 일행	무슨…?
릴	(급 만류) 아우, 무슨 면회를! (애들 보고) 이 분은, 한다면 하는 분이시라…. (진지한데)
상구 일행	(별 신경 안 쓰고 한 방향으로 이동한다.)
숙자	심각하네. 부모 교육 들어가야겠네.
릴	남의 가정사 마님까지 신경 쓰시면, 저 하나로 족합니다요.
숙자	그렇겠지?
릴	아우, 그럼요.

#74. 실내. 숙자 방, 새벽

곤하게 잠을 자던 릴이 돌아누우면서 '요기, 요기 좀 긁어줘 봐요.'
새우등을 하는 릴.
잠결에 숙자가 릴의 등을 벅벅 긁어준다.
릴이 다시 돌아누우면서 숙자의 팔을 베고 그녀의 품에 파고든다.
작은 그녀에게 파고드는 곰처럼 큰 릴의 그림.

아직도 적응 안 되지만 그런 릴의 머리를 쓰담쓰담하는 숙자.

창밖에서 앙칼진 개소리가 들린다.

숙자   (잠결) 자기 동생이지? 저 목소리 봐라. 앙칼진 게 아주
            똑같네.

릴   (숙자 품속에서) 아우 증말, 왜 그러세요~ 그러지 마요.

숙자의 팔을 베고 숙자 품에 웅크려 있던 릴이 더 깊숙이 파고든다.

숙자가 릴의 어깨를 '토닥토닥'하고 있다.

알람 벨이 울린다.

릴   눈만 떠요. 제가 나가서 아침 준비해 드릴게요.

숙자   다리 올립니다. 오른쪽 왼쪽 위아래 5분 실시!

릴   (마지못해) 실시… (침대 위에서 아침 운동을 하는 두 사람)

숙자보다 속도가 빠른 릴의 다리가 가끔 숙자와 박자가 엇나간다.

(사이)

숙자가 앞서나가고, 그 뒤를 따라 나가는 릴의 손에 들려진 휴대폰 고리에
곰 인형.

곰 인형에 눈알이 없다.

둘이 나간 현관문.

소리(릴)   아 이런, 눈알을 붙이는 걸 깜박했네!

#75. 실내. 지하철 역사 안

숙자와 릴이 걷는데 갑자기 릴의 어깨에 여자의 가방이 날아온다.

릴   어이쿠!

릴의 휴대폰에 달려있던 곰이 바닥에 나가떨어진다.
널브러진 곰탱이.
사람들은 릴을 쳐다보는데, 릴은 눈알 없는 곰만 눈에 들어온다.
어딘가 멍하게 바라보고 있는 릴이 여자눈에 들어온다.

여자   어머, 죄송합니다. 괜찮으세요?

릴   (여전히 바닥에 곰을 내려다보며) 아니, 안 괜찮아요. 제가
                눈깔을 집에다 빼놓고 왔는데 못 피했어요. 안 되겠어
                요. 얼른 집 가서 눈깔 끼우고 와야겠어요! (순간, 주위 사
                람들 모두 얼음이 되어 멈춘다.)

여자   (순간, 더 미안하고 몸 둘 바를 모른다.) 어…머…나…! 앞을 못
                보…. (숙자 손에 재빨리 이끌려 가는 릴을 측은하게 바라본다.)

소리(여자)   세상에, 내가 맹인 머리에 가방을 떨어뜨리다니! (자책한다.)

#76. 실내. 에스컬레이터

아래로 내려가는 숙자와 릴.

소리(숙자)	(이를 앙다물고) 할 수 있는 말이 있고, 할 수 없는 말이 있잖아. 어?
릴	미안합니다.
숙자	미안할 일을 왜, 해? (어깨 웅크린 릴을 몰아세운다.)
소리(여자)	제가 잘 못 한 거예요. 야단치지 마세요. 제발! (거의 운다.)
소리(릴)	아니 내가 뭘 어쨌다고, 이것 봐. 눈깔이 없잖아 진짜루. (곰탱이얼굴)
숙자(소리)	그러니까 그 상황에서 아무리 곰탱이가 나가 떨어졌어도 생각을 아우 나 진짜…. (그들의 소리가 인파속에 점점 작아진다.)

#77. 실내. 숙자 방, 밤

잠을 청하려고 누워있는데 개구리 소리가 엄청 울려 퍼진다.

숙자	으이그, 깨꾸락지들이 또 난리네. 연못물을 다 빼면 조용할 텐데….
릴	걔들도 한철 나와서 신났는데 그걸 못 하게 하다니 잔인

해요.

숙자 | 저렇게 울어 재끼는 게 더 잔인하다~~~ 연못 쪽 창문을 좀 닫아봐.

숙자 | (개구리 소리가 어머어마하다.) 개구리 입이 대체 몇 개나 되길래 어마어마하네. 증말~ (이불을 확 뒤집어 덮는다.)

릴 | (창가 쪽으로 가서 짧고 간결하게) 야! 이놈으시키들아! 입! 닫아! (순간, 일시에 조용해진다. 신기하고 놀랍기만 한 릴의 표정)

소리(숙자) | 신기하네? 자기 말을 알아들었나 보네? (이내 다시 울기 시작하는 개구리들)

릴 | …그게 아니고…. 때마침 쟤네 멈출 시간에 내가, 말했던 거네요.

#78. 실내. 숙자 거실, 저녁

릴과 숙자가 거실 사이즈와 맞지 않게 엄청나게 큰 모니터로 TV를 시청하고 있다.
주말드라마 속에서 젊은 여자와 남자가 키스하려고 한다.

숙자 | (돌아보며) 저 여자, 자기가 좋아하는 연예인인데? 어쩌냐? (순간, 여자 배우의 입에 남자배우가 입술을 가져다가 가만히 덮는데)

릴	(망연자실하게 숙자의 허벅지를 손으로 내리치면서 긴박하게 숨 죽여) 안돼! 안돼! (남녀 배우의 긴 키스 신)
릴	(여전히 숙자의 허벅지를 손바닥으로 내리치면서 초조하면서도 낮은 음성) 그만! 그만! 그만⋯. (거의 울기 직전이다.)
숙자	(릴의 호소를 그대로 허벅지로 받아내는 숙자, 어이없다!) 이런, 씨!

#79. 실내. 엘리베이터 안

엘리베이터 안에 유난히 사람들이 가득하다.
문이 열리면 숙자가 밖에 서 있다.
다음에 타려고 그냥 서 있자니 어서 타라고 사람들이 손 시늉을 해댄다.
거기에 이끌려 숙자는 엘리베이터 안으로 들어온다.
이미 이야기가 진행 중이다.

어떤 아줌시	아니, 그런 드라마를 얼마 만에 보는 거야?
또 어떤 아줌시	요즘 우리 애들이 그 드라마를 보면서 집에서 얼마나 공 손해졌는지 몰라요.
또또 어떤 아줌시	우리 남편은 나를 공주처럼 떠받들기 시작했어요. 으흐, 내 살다 살다 그런 드라마가 우리 남편을 바꿔놓는 것을 보다니, 거 작가가 누군지 안 나와요. 알고 싶은데⋯.
또 어떤 아줌시	그러게요. 궁금해서 작가를 아무리 찾아봐도 없어~?

멀뚱하게 엘리베이터 문만 바라보는 숙자의 무표정.

숙자   작가가 누군지 왜 궁금해요. 그냥 보시면 되죠.

다들   아니, 그런 명작이 집집마다 정답을 달아내는데 왜, 안
          궁금해요?

숙자   나름 사정이 있겠지요. (문이 열리면 숙자가 내린다.) 올라
          들 가세요.

문이 닫히고 웅성웅성.

다들   (괜히 열 받는다.) 뭔, 저런 냉혈 인간이 다 있어? (진정하고)
          난 살다 살다 드라마 보면서 사는 맛이 나긴 처음이야.

다들   (웅성웅성 화기애애하다.) #$@&%@@

#80. 실내. 숙자의 서재, 밤

빼곡한 책장이 보이고, 독특한 방식의 서재 모습이 펼쳐진다.
제각각 노트북을 이고 있는 책상들이 나열 되어있다.
노트북마다 드라마, 소설, 영화 순으로 표시되어 있고.
숙자는 드라마라고 표기된 노트북 앞에 커피잔을 내려놓으며 앉는다.
(사이)
몰입해서 타이핑 하는 숙자.

시계가 10시를 가리킨다.

문을 빼꼼히 열고 안을 들여다보는 잠옷 차림의 릴.

조심스럽게 다시 문을 닫는다.

작업 중인 숙자, 심각하다.

입가에 미소를 물고, 또는 '우헤헤' 웃기도 하는 숙자.

시계가 벌써 새벽 3시를 가리킨다.

숙자가 허리를 펴면서 일어난다.

#81. 실내. 숙자 방, 새벽

곤하게 자는 릴의 옆으로 살며시 파고드는 숙자.

릴의 품으로 파고들려는 숙자.

그런 숙자의 품으로 오히려 릴이 습관처럼 파고든다.

당연한 표정으로 릴을 품어내는 숙자.

릴   (잠결에) 한참 기다렸어요.

숙자   (어이없는 표정으로 릴을 안고 머리를 쓰담쓰담하는 숙자도 스
               르르 잠이 든다.)

(사이)

팔이 저려 오는 숙자.

팔을 빼보려는데 안 빠진다.

확, 릴의 머리를 밀쳐내고 감각 없는 팔을 다른 한 손으로 들고 일어서서.

숙자   (릴을 내려다 보면서) 뭐, 이딴 게 다 있어~!

그 팔을 들고 밖으로 나가는 숙자.
그 뒤로 조용히 말하는

릴   (잠결) 당신은, 나 없으면 못 살아….
숙자   (문 열고) 니가, 나 없으면 못 사는 거야. 어딜 순서를 까
           먹고 그래….
           나는 물! 너는 물고기! 아이나 진짜, 내 팔, 하이구야. (덜
           렁덜렁 늘어진 팔을 잡고 나간다.)

#82. 실내. 숙자 복덕방, 낮

직원 서너 명이 분주하게 움직인다.
손님을 모시고 나가는 직원.
다른 손님과 상담하면서 열심히 브리핑하는 직원.

#83. 실내. 자 컴퍼니, 낮

벽에 '자 컴퍼니'라는 골드로 인쇄된 문구가 눈에 들어온다.

그 아래 부동산 공급 임대 매매라는 표시가 나열되어 있다.

숙자가 젊잖은 손님과 마주 앉아 차를 나누고 있다.

가까이 가보면 지난번 부동산 사무실에서 물 얻어 마시던 노인이다.

숙자	그런 큰 현장을 저한테 맡기시겠다고요?
노인	작가님이라면 충분히 내 안심할 것 같아요. 아, 또 전문 가시잖아요.
숙자	한번 해 보겠습니다. 맡겨주셔서 감사합니다.
노인	나, 믿고 가요? (직원이 일어서는 노인을 거든다.)

아담한 여직원이 노인의 지팡이를 냉큼 챙겨주는데.

노인의 남직원과 그 여직원이 서로 눈이 마주치면,

서로를 바라보는 그들을 주시하고 노인의 입꼬리가 올라간다.

노인	그렇지, 인연은 이렇게 시작이 되는 거라고, 잘해봐 두 사람.

두 남녀가 어찌할 바 몰라 한다.

빌딩의 도면을 펼치고 설계도를 살펴보는 숙자.

언제 모였는지 멀끔한 직원들이 회의실에 앉아 있다.

지도에 포인트를 가리키며 직원들과 의견을 주고받는 숙자.

숙자	총괄본부장 이하 팀장들까지 철저히 교육하고 아니, 분양 직원들까지 전체 교육 매일매일 해야 합니다.
직원들	(고개를 끄덕이면서 신중하다.)
숙자	계약금 이외에 잔금, 취등록 비용까지 전체 금액이 준비된 고객에게만 물건을 드려야 해요. 그렇지 않으면 여러 생명이 사라질 수 있는 곳이 이 분양시장입니다. 하자 브리핑하다가 걸리면 나한테 죽습니다?
직원들	(하나도 안 무섭다.)
직원1	광고는요?
숙자	현장에 있는 시행사 직원과 오전에 충분히 상의 했으니, 나머지는 지시 따르면 됩니다. 아, 지면 보도는…. 거 내 친구 깐깐한 그 김기자가 도와줄 거니까 자료만 넘겨주시면 됩니다.
직원들	(만족스럽게 끄덕이면서 자리를 이동한다.)

#84. 실내. 편집실

숙자, 팔을 걷어붙이고 어느 한 곳으로 황급하게 이동한다.
작가들이 몰입해서 작업을 하고 있고,
숙자는 원고를 훑어보다가 그걸 들고 일어서면,

작가1	아니, 아직…
숙자	알어알어. 나 바빠서 이동하면서 볼게. 니네 세대답지 않게 답답한 구석이 몇몇 나오더라도 그냥 꾹 참고 그대로 가기다?
작가들	네.
숙자	인생이 원래 다 연출이야. 우리가 만든 작품을 그 연기자들에게 더 잘 살릴 수 있도록 감각을 열어주고 기대하게 하고 유한한 소중한 사람들에게 더 좋은 것을 줄 수 있도록 돕는 거지. 우리가 작가가 아니고 삶을 살아내는 그들이 작가이면서 연출자인 거지. 안 그래?
작가들	(그런 숙자가 멋있다.) …역시…!
작가1	그래서 작가명을 드러내지 않으신 거군요?
숙자	작가는 드라마를 시청하는 그 사람들이 작가들이야. 직접 살아내야 하는 각자의 주연이기도 하고, 어쩜 나는 그들에게는 조연급도 안 될걸?
작가1	(숙자 듣는 데서 옆 작가에게) 난 이 작품 잘못 걸렸어. 이름 좀 알리고 싶어서 덤벼든 작품인데….
작가2	아효, 작품은 최고지만 이름 걸지 않을 줄 어떻게 알았냐고…. 뭐, 해 뜰 날 있겠지.
숙자	(그 소리 듣고) 내가 글쟁이지만 돈이 안 따르더라고…. 첨에는? 영화를 제작하려다가 투자자들을 만나게 되고 그들로부터 나오는 씨드머니를 막 쓸 수 없어서 솔직하게 말했지? 씨앗이 땅에서 썩을 수도 있고 열매를 맺어서

몇 배의 이익을 배분해 갈 수도 있는 것이 영화투자라고, 그냥 받았어야 했는데….

작가들 (궁금하다.)

숙자 그 투자자 중에 한 사람이 건물을 나한테 맡기더라고? 그거 다 완판했지. 거기서 이익은 직원들하고 고객들도 나눠갈 수 있는 구조를 만들어서 완판, 싹 다! 나하고는 부동산이 잘 맞아. 일이 끊이질 않는다고.

작가들 (더 궁금하다.)

숙자 사실은 다 핑계고, 나한테는 글 쓰는 일이 돈이 안 되더라고, 그래서 돈도 벌 수 있고, 하고 싶은 글도 맘껏 쓸 수 있는 직업이 뭘까? 그래서 부동산업을 하게 된 거지. 자, 자, 돈은 충분히 보상해 드릴 테니. 작가님들? 거, 타이틀에 이름 석 자가 뭐 그리 중요해. 유명세 타면 돈 버는 거 당연한 거지만, 돈은 내가 벌어 나눠 드릴 테니 좋은 작품 뿜어내자. 알았지?

작가들 우와~

숙자 그리고 필요하면 지면 보도에 쫙, 이름 석 자 올려줄게. 엉? 오늘 우리 아지트 예약해 두었으니 서로 시간 맞춰서 맛있게? 알았지? (봉투 여러 개 부채처럼 펼치면서) 이건, 기름칠하는 거야. 글 잘 나오라고.

작가들 (기분 급상승된다.)

숙자 잘 부탁해. 작가들아! 이 나라가 행복하냐 불행하냐는, 그대들 손에 달렸어. 우리 아파트에서 이번 드라마 보고

	따라쟁이들이 늘었단 말이야. 그래서 막 행복해 죽겠다 잖아.
작가들	넵! (궁금하다.)
숙자	봐봐. 애들은 가정이 행복하니까 학교에서 행복 전도사가 되고, 엄마는 행복하니까 가정에 더 충실하게 되고, 아빠가 행복하면 가정은 물론이고, 직장에서 행복하게 일하게 되고, 우리, 애국하는 거다?
작가들	(허리를 꼿꼿하게, 손가락 펴고 자판기 두드릴 준비 한다.)
작가들	(키득키득) 작가를 몰라서 같은 아파트에서도 못 알아보는 작가라니 히히.
숙자	작품 평을 제대로 들을 수 있는 행운아지. 안 그래?
작가1	그러네요.

#85. 실외. 분양홍보관, 낮

모델하우스가 보이는 전경.

줄지어 늘어선 고객들이 모델하우스 앞에서 짜증을 내고 있다.

가까이 가보면 모델하우스 입구부터 안쪽까지 발 디딜 틈 없이 콩나물시루다.

숙자와 노인이 그 모습을 바라보고 있다.

소리(노인)	참 신기하네. 이번 사업은 대성공일세.

소리(숙자)	입지 여건 좋겠다. 비싸서 안 팔려 오래 끌고 가는 것보다는, 단가 낮춰 3개월 만에 완판하는 편이 회사 측에선 더 이득인 셈이죠. 회사 미분양 없이 완판 이미지도 있고요. 비교할 수 있는 다른 쪽 현장이 있어서 다행이었고요. (다른 쪽, 화려한 분양사무실 현장에 마네킹 같은 직원만 왔다리갔다리)
소리(노인)	1억이 더 저렴한 데다가 거기서 5천을 돌려주는 기발한 아이템, 선수네요 선수.
소리(숙자)	욕심만 조금 줄이면 모든 일이 수월해지죠. 시행사 측에서는 일찍 끝내고 앞당겨진 만큼 새로운 현장으로 이동해 더 빨리 시작할 수 있으니, 그 또한 더 큰 이득인 셈이죠.

수많은 인파를 바라보고 있는 노인과 숙자.

노인	못하는 게 뭐에요?
숙자	딱 한 가지 있어요.
노인	…!
숙자	남편한테 애교부리는 거요.
노인	…? 살아가면서 티 하나도 안 나는 부분을 못 하시는구만요.
숙자	대신 남편이 애교가 쩔어요.
노인	…?

#86. 실내. 분양홍보관

ppt를 바꿔가면서 브리핑하는 숙자.

숙자   고객님들께 접대할 수 있게 기회를 주셔서 감사합니다.

ppt를 보면 호텔 위치와 식사 메뉴 사은품 등 안내가 근사하다.

고객들   (웅성웅성한다.) 좋은 물건 싸게 가져가지, 대접받지, 돈까
                지 돌려주지. 이런 물건을 기분 좋게 가져가긴 처음이야.
소리(고객들)   나도 마찬가지야.
소리(고객들)   두말하면 숨차지.

그야말로 모델하우스 안이 잔치 현장이다.
고객들이 제비뽑기하면 무조건 선물 하나씩 받아 나온다.

소리(숙자)   이렇게 사는 것이 진짜 삶이 아닐까!
소리(직원)   대표님! 오세요! 대표님께서도 뽑기 한 번 하셔야죠~

숙자가 그 소리를 듣고 돌아선다.
뽑기 통으로 다가서서 뽑아서 열어보니, 꽝!
다들 자신이 '꽝' 아닌 것이 다행이라고 수근수근.
뽑기 통 아래서 엄지척하고 사라지는 손.

숙자가 고객들이 안 보이는 허리 뒤 춤으로 엄지척을 들어 올린다.

소리(숙자)   나는 손해 보는 것처럼 살아내고 있지만, 이건 진짜 손
                해 보는 것이 아니라 진짜, 실속 차리는 삶이다. 서로가
                잘 사는 방법.

전광판에 완판이라는 표시가 떠오른다.
폭죽이 터지고 환호성이 터지고 고객들이 기쁘게 돌아서서 나가는데,
각자의 손에 버겁도록 큼직한 선물꾸러미가 들려 있다.

#87. 실내. 살찐 남자 사무실, 낮

노인이 여유 있게 앉아 있고,
그 옆으로 다가오는 살찐 남자.

살찐 남자   형님, 아 어떻게 그렇게 빨리 완판을!
노인   그 대표한테 맡겨. 다 필요 없어. 지들 실속만 챙기려고
                들 하는데 거긴 진짜 찐이야….
살찐 남자   아, 누구한테….
노인   그 숙자 대표, 독특해. 말도, 행동도, 생각도, 그리고…
                욕심이 진짜 없어.
살찐 남자   (돌아보면 미분양 표기된 호실이 빼곡하게 남아 있다.) 주선 좀

해주슈!

노인   되게 바쁜 냥반인데? 글쟁이라….

살찐 남자   글쟁인 또 뭐유?

노인   근데 동네 작은 복덕방 사무실에서 지내는 것을 더 좋아
해서…. 젊은 사람들 그, 돈 없는 사람들이 망하는 꼴을
못 봐서 그거 바로 세우느라고, 내 거기서 **빼** 오느라 고
생했거든.

살찐 남자   (도대체 알아먹을 수가 없다.) 아, 도대체 알아먹을 수가….

#88. 실내. 숙자 방, 밤

숙자가 습관처럼 릴의 머리 아래로 팔을 들이민다.

숙자의 팔베개를 하는 릴. 자연스럽다.

숙자가 릴의 어깨를 자신 쪽으로 살포시 돌리면, 릴은 포근하게 숙자 품으
로 파고든다.

남자가 여자의 품을 파고든다? 이상하다.

그러나 너무 편안해 보이는 릴과 숙자의 묘한 광경!

아기처럼 편안하게 안겨있는 릴.

#89. 실내. 숙자의 방, 아침

숙자가 눈을 번쩍 뜬다. 큰 눈으로 아래를 내려 보면, 아직도 릴이 숙자의 겨드랑이 밑 품 안에서 잠들어 있다.

소리(숙자)   어, 잠깐만 잠깐만 손에 감각이 없어! 아, 쫌! (새우처럼 몸을 웅크려 발로 릴을 걷어 낸다.)

일어나 앉아 늘어진 팔을 쳐다보며 다른 손으로 길게 나와 있는 혀에서 침을 찍어 코에 바르는 숙자.

숙자   내 진짜 아, 내 팔자. (돌아보면, 아직도 곤하게 자는 천사 같은 릴의 얼굴)

숙자   (아직도 늘어진 팔을 다른 한 손으로 잡아 들면서 발로 릴의 엉덩이를 밀어내며 일어선다.) 에잇, 진짜… 이씨!

릴   (잠결이다.) 왜, 그러세요~….

숙자   이 엄마가, 니 품어내다 팔이 늘어지셨어. 이눔으시캬~

릴   가만 계시면 다시 돌아옵니다. 좀 고통스럽겠지만요.

돌아눕는 릴의 궁둥이를 다시 발로 밀어 침대 안쪽으로 보내는데 '뿌릉~!'

숙자   뭐 이딴 게 다 있어? 사람이야, 짐승이야?

릴   고릴라 한 마리 키운다고 생각혀유~ 말 잘하는 고릴라.

(바로, 코 고는 소리)

#90. 실내. 숙자 집 거실, 아침

숙자가 휘파람을 신나게 불다가 음악을 켜면 노랫소리가 거실을 가득 메운다.
어깨까지 들썩이면서 음식을 준비하는 숙자.
언제 왔는지 릴이 숙자의 어깨를 '쪼물락' 하고 있다.

숙자	(내친김에) 그렇지, 아 시원하다. 아들 고마워 잉?
릴	(팬티만 입고 서 있는 릴의 젖꼭지가 크게 보인다.)
숙자	(릴의 가슴을 지그시 바라보면서) 버튼, 한 번만 누르게 해 주라!
릴	(다급하게 두 개의 젖꼭지를 두 손으로 가린다.)
숙자	딱, 한 번만! 엉?
릴	나, 진짜… 가슴은 진짜, 민감하단 말야.
숙자	그럼 부라자를 하고 다녔어야지! 딱, 한 번만. 와! 진짜 대박 버튼이다. 버튼!
릴	그럼 딱, 한 번이다? (손으로 얼굴을 꼭 감싸면, 숙자가 릴의 젖꼭지를 손가락으로 꾹 눌러댄다.)
릴	(화들짝 놀라 기겁한다.) 흐엉~! 엄마야~~!

옷을 멀끔하게 입고 나오는 릴의 가슴팍에서 두드러진 젖꼭지를 눈여겨보

는 숙자.

숙자를 피해 지나치는데, 순식간에 릴의 젖꼭지를 꾹, 눌러버리는 숙자.

릴	허엉~! 당신, 이거 성희롱이야?
숙자	(그런 릴이 귀엽다. 발을 앞으로 한 번 쿵, 찍으며) 이눔으시키!
릴	(산발이 된 숙자의 모습을 바라보며) 당신, 여자 맞아?
숙자	이눔으시키! 그럼, 여자지 남자냐? 여직 살아보고 히히….
릴	(어이없다는 표정을 지으며 가슴을 감싸고 신발을 신고 급사라 지려는데)
숙자	(숙자의 손이 언제 나타났는지 릴의 궁둥이를 움켜쥐고 흔들어 댄다.)
릴	(술래잡기에서 들킨 사람처럼 더 놀란다.)

뒤도 안 돌아보고 탁, 숙자의 손을 치고 사라지는 릴.

쾅! 닫힌 문을 바라보며 숙자가 '히' 귀엽네?

산발의 머리를 이고 주방 쪽으로 돌아가서 흔들흔들 커피를 내리는 숙자.

슬립이 한쪽 끈이 내려와 타잔 같은 숙자가 마치 원시인 같다.

갑자기 현관 쪽에서 '삐삐'하더니 릴이 황급히 들어온다.

원시인 같은 숙자와 마주치자 여전히 적응 안 되어 화들짝, 놀라는 릴.

숙자	한두 해 산 것도 아닌데 매번 놀라네? 뭘 또 잊으셨을까?

릴이 어디론가 가려다가 갑자기 숙자를 향해 그윽한 눈빛으로 다가오더니

입을 쪽 맞추며.

릴   요걸 잊었지. 뭐야! (냉큼, 사라진다.)
숙자   아유, 조거조거 구엽네~? 아, 오늘 뭔가 허전했다 싶었
            는데 요거였었네!

#91. 실내. 숙자 복덕방, 아침

흡족한 표정으로 숙자가 직원들을 둘러보며 업무를 지시하고 있다.
큰 모니터에 지역별로 시뮬레이션이 펼쳐진다.
건물마다 시뮬레이션으로 캐릭터가 또 다른 캐릭터 손님과 함께 1층부터
곳곳을 오르고 있다.

손님   아니, 직접 가지도 않고 앉아서 둘러볼 수 있다니! 이런
            걸. (하는데)
직원   저희, 대표님이 개발하신 겁니다.
숙자   아효, 대단한 거 아닙니다. 손님 입장에서 건물이 어떻게
            생겼나 위치는 어디인지, 그리고 입점된 업종들은 무엇
            이 있는지 아셔야 해서… 고민하다 보니….

모든 사람이 숙자를 그윽하게 바라본다.

숙자	(그 분위기 걷어 내고) 자자자자, 전 일이 있어서 그만. 거 어르신 그 자리는 꼭 먹는장사가 들어와야 대박 나는 자리에요?
손님	다 듣고 보니 그 자리는 음식점이 들어가야겠어요.

#92. 실외. '자 컴퍼니' 로고가 반듯하게 보이는 아담한 건물 앞, 낮

건물로 들어가는 숙자.

#93. 실내. 자 컴퍼니 앞, 낮

엘리베이터에서 내리면 문 앞에 '자 컴퍼니' 금장로고.

#94. 실내. 자 컴퍼니, 낮

문을 열고 들어오는 숙자.
노인과 살찐 남자가 숙자를 기다리고 있다.
직원이 들고 오는 차를 받아 자리에 앉으면서 다짜고짜.

숙자	제가 자료를 살펴보니 너무 비싸요.

살찐 남자	…!
숙자	그 주변시세보다 비싸니까… 조금만 낮추면 다 몰아올 수 있어요. 그리고 1년 임대보장 해주시자고요.
노인	그건 또 뭐여?
숙자	위치가 좋아서 당연히 임대가 바로 맞춰질 상권이지만 그냥 1년 임차를 위한 1년 치 임대료 미리 빼주자고요.
살찐 남자	아니, 임차가 맞춰지면요?
숙자	바로 그거예요. 임차 맞춰지면 미리 보장된 금액 선불 받고, 임차 맞춰서 월세 또 받고, 좋은 물건 얻어갔다는 소문이 쫙!
살찐 남자	역쒸!
숙자	완판 하시자고요. 그리고 가장 많이 분양한 직원에게 포상도 좀 해주시고요. 우리 회사 가져가는 지분에서 조금 양보할 테니까요.
노인	(흐뭇하다.)
살찐 남자	(노인을 바라보며 기분 좋다.) 회장님, 왜 진작 이런 분을 소개 안 해주시구….

#95. 실내. 모델하우스 홍보관, 낮

살찐 남자가 한쪽에 서서 눈이 휘둥그레져 있다.
아주 고요한 상황이다.

갑자기 폭죽이 터지며 바닥에 촘촘하게 쫙 붙어 앉아 있던 사람들이 펄쩍
펄쩍 뛴다.

그중 한 사람이 난리가 아니다.

거의 실신 상태에서 누군가 그 사람을 부축하며 걸어 나온다.

손에 들려진 당첨권 판에 오피스텔 무료권이라고 적혀있다.

소리(직원)   약속대로 고객에게 돌려드리는 이 추첨에서 당첨된 이
              분을 향하여 큰 박수 다시 부탁드립니다.

난리가 아니다. 전광판은 완판이라고 팡팡 터지고,

사람들은 기뻐서 펄쩍 뛰고,

직원들도 기뻐서 난리가 아니다.

그런 소란스러운 소리가 작아지면서.

#96. 실내. 교회 안, 밤

숙자가 강당에 보이는 큼직한 십자가를 대하고 앉아 있다.

소리(숙자)   주님, 저 잘살고 있는 걸까요…? 제가 이 땅에 온 이유가
              무엇일까요? 주님. 제 시간은 앞으로 이 땅에서 얼마나
              될까요? 주님, 저도 주님처럼 저들이 행복할 수 있도록,
              그런… 그런 쓰임 받는 사람으로 걸어갈 수 있도록, 휘청

이지 않고 똑바로 걸어갈 수 있도록, 주님, 저와 함께 해
주십시오.

한참을 소리 없이 묵묵하게 십자가를 바라다보던 숙자가 입을 연다.

숙자   아버지, 천국에서 잘 계시죠? 주님, 우리 아버지 잘 좀
             부탁드립니다.

멀찍이 문에 기대어 서 있는 김 목사가 숙자를 바라보고 있다.

#97. 실내. 회상. 교육실

사람들 틈에 앉아있는 숙자.
김 목사가 복사된 용지를 배부하고,
그 배부된 자료를 넘겨 가면서 교육하는데.
숙자는 교육에 몰입하다가 문득 교재를 바라보며 고개를 갸우뚱한다.
자신이 가지고 있는 책을 바라보며 교재의 분량과 책을 번갈아 보며 뭔가
깨닫는 표정이다.

#98. 실내. 출판사 입구 복도

출판사 입구에 조용히 들어서는 숙자.

내부에 바쁘게 움직이는 직원들.

곳곳에 쌓인 제본된 책들.

#99. 실내. 출판사 대표실

usb와 원고를 출판사 대표에게 밀어주는 숙자.

그걸 받고 의아해하는 대표.

곧바로 일어서는 숙자.

따라 일어서는 출판사 대표.

서둘러 차를 내오는 직원과 마주치는 숙자가 고맙다고 끄덕이며 곧바로 나간다.

#100. 실내. 대형서점 출간기념식장

출간기념 예배 중.

예배가 마치면 김 목사가 출간 사인을 위해 자리에 나와 앉는다.

책을 들고 줄을 서서 기다리는 사람들.

어느 남자	세상에, 이 교재가 책으로 나오다니!
어느 여자	아니 그럼, 우리 목사님 작가가 되신 거야?

기념 촬영을 하는 사람들.

숙자가 한쪽 구석에 서서 출간기념식을 바라보는데.

김 목사가 숙자를 발견하고 손짓으로 같이 기념 촬영하자고 부른다.

두 손으로 그냥 진행하시라고 손사래를 치는데.

누군가 숙자에게 다가와서 이끈다.

김 목사 아들	저, 너무 감사드립니다. 두고두고 감사한 마음을 간직하고 싶어서 그럽니다.
숙자	아뇨. 전, 여러분 마음에 담아주시고, 그냥 진행하세요. 감사는 하나님께 하시면 됩니다. 목사님의 교육 지침은 책으로 나와야 마땅해서 도움을 드렸을 뿐입니다.

기념 촬영을 지켜보는 숙자가 김 목사와 눈이 마주친다.

숙자는 어깨를 으쓱하며 얼른 진행하시라고,

김 목사는 고마워 어쩔 줄 몰라 한다.

#101. 실내. 교회 본당

십자가를 올려다보며 여전히 서 있는 숙자.

눈을 감고 미소를 짓는 숙자.

눈에서 주룩, 눈물이 흘러내린다.

숙자   주님, 감사합니다. 나의 삶은 주님의 길을 가실 수 있도
             록 하는 역할이면 충분합니다. 그거면 됩니다. 그리고 제
             시간이 다하면 그때 속히 제 손을 잡아주십시오.

#102. 실내. 대강당

사회자가 한 사람 한 사람을 소개하면.

저명한 연예인들 몇 외에 보조 출연자 등 이름도 없는 연기자들이 줄지어
오른다.

사회자   예술인 협동조합을 설립하게 됨을 축하드립니다.

박수갈채와 관중석에 모인 연예인들의 모습이 알록달록하다.

화려한 무대.

관중석에 웅성거리는 모습 위로.

NA(숙자)   타고난 재능이 글재주밖에 없던 젊은 작가가 빛도 못 보
             고, 이 시대에 말도 안 되는 굶주림에 저세상으로 가버
             렸다. 그리고 지난주에는 천직인 연기자가 설 무대가 없

어서 재능과 무관한 노동판에서 무거운 짐을 지고 생계를 위해 고통의 시간을 보내다, 우리의 곁을 떠났다. 그래서 연기자가 더 이상 연기자로서의 길을 가지 못하게 되었을 때 그의 삶을 지탱할 수 있는 최소한의 생계비 지원을 하는 시스템. 연기자들을 위해 협동조합이 설립되었다.

사회자   수익의 1%를 자동 적립하여 내 행복을 나누는 협동조합에 가입해 주신 연예계의 여러분을 다시 한번 환영합니다.

무대 위에 스크린이 펼쳐지면.

지하방으로 내려가는 허리 굽은 노인 연기자가 자신의 방을 안내한다.

다른 영상이 열리면 식당에서 설거지하며 고된 일을 버텨내는 노인 연기자의 모습.

그러다 아담한 아파트 건물이 보이고.

아파트 현관문이 열리면 지하방으로 내려가던 그 허리 굽은 노인 연기자가 있다.

그 노인 연기자가 행복한 아침 밥상을 맞이하는 모습이 펼쳐지고,

식당에서 설거지하는 노인 연기자가 갑자기 어디론가 안내하면.

작은 식당에 자신에 얼굴 사진 옆으로 '연예인식당' 전광판을 가리킨다.

그 식당 안으로 들어가 보면 지금 사회자며 연기자들이 줄지어 식사하고,

계산하는 모습에 행복한 미소를 짓는, 식당 일하던 그 노인 연기자의 행복한 모습.

사회자가 무대 위로 누군가를 가리키면서 안내하면 노인(기업인)이다. 무대 위로 오른 노인(기업인)이 마이크 앞으로 다가서서.

노인   세상에는 다양한 재능을 가진 사람들이 태어납니다. 여러분은 어두운 데서 기이한 빛으로 인도해 내는 타고난 연기자들이십니다. 이 예술인 협동조합은 그러한 여러분들의 행복한 연기 생활을 위하여 최선을 다해 노력할 것을 약속드립니다. 실은, 실제 이 사업을 추진하신 분은 따로 있습니다. 그러나 그분의 부탁으로 누군지는 공개하지 않겠습니다만, 이미 소문이 다 나있는 평판 좋은 그 사람입니다. 하하!

그 소리에 저 뒤쪽에 펑퍼짐하게 퍼질러 앉아 있던 숙자가.

숙자   (이마를 짚고 옆을 살피면서 소곤소곤) 아, 저 어르신이 정말 안 해도 되는… 아 참 나…!

곳곳에서 기자들의 카메라 후레쉬가 팡팡 터진다.

#103. 실내. 터미널 광장, 낮

전광판 음료 광고에 모델 얼굴이 뜬다.

지나가던 사람들이 웅성거린다.

행인	뭐지? 처음 보는 저…설마, 모델?
숙자	(바로 받아친다.) 계속 보면 적응해요. 그러다 보면 유명해지는 거고!
행인	아, 맞아요. 맞아!

#104. 실내. 숙자 집 거실, 저녁

TV에 또 음료 광고가 나온다.
이제 좀 익숙해진 그 음료 광고 모델이 나온다.

릴	자꾸 보니 이제 어색하지 않고, 이 광고하고 딱 어울리는 사람 같은데요?
숙자	처음부터 익숙한 얼굴이 어딨어요? 유명해진 다음에 광고 목적된 연예인보다는, 광고비를 적게 쓰고 100회 광고보다 300회 광고를 내보내면 사람의 뇌는 다 받아들이게 되어있습니다.
릴	(숙자를 그윽하게 바라보다가 고개를 돌리는 숙자와 눈이 마주친다.) 당신, 멋있어요.
숙자	(소곤거린다.) 나, 원래 멋있어요. 이제 알았어요?
릴	엉. 그런 의미에서 누가바 사러 산책할까?

숙자	오늘은 나 운동 안 하고 자기하고 입으로 말 운동 하고 싶어요. 남편하고 말하는 거 너무 굶었어요.
릴	(숙자의 다리를 보며) 운동해야 하는데, 알았어요. 말해요 어서….
숙자	(딱히 할 말이 없다.) …! 그냥, 누가바 사줘요.
릴	(급 신났다!)자자, 우리 여보 좋아하는 누가바를 (갑자기 돌아보며) 도둑이 싫어하는 아이스크림?
숙자	누가바! 도둑놈이 더 싫어하는 아이스크림?
릴	통 돼지바!
숙자	(의아하다.) …왜?
릴	무거워서 도망을 못가. 담장도 못 올라가! 당도 높고 혈압까지!
숙자	(관심 없다.)

#105. 실외. 아이스크림 가게 앞. 저녁

숙자와 릴이 누가바를 한 개씩 물고 까만 봉다리를 들고 여유 있게 걷고 있다.
릴이 가끔 숙자의 엉덩이를 툭툭 친다.
참고 참다가 결국 터진다.

숙자	(릴이 숙자의 엉덩이를 만지면) 이눔으시키! 니 애미애비가

그렇게 가르치든?

마침 지나가던 부부가 흠칫, 놀라 릴을 돌아보며 몸을 사린다.

부부	어머 신고해야 하는 거 아냐? 저 아이스크림도 몽땅 (릴 손에 들린 까만 봉다리) 뺏어 먹고 있잖아. 세상에나!
숙자	(숙자가 그 상황이 심각해지는 것 같아서 재빠르게 뛰어간다.) 엄마, 살려줘요!
릴	…? 나, 저 여자 남편…. (하는데)
부부(여자)	빨리 집으로 안 가?
부부(남자)	나이가 좀 많아 보이지 않아 여보?
릴	안녕히 가세요! (냅다 뛰어간다.) 그러지 말어, 여보~~!
부부(소리)	여보래? 미친 스토커인가 봐!

릴의 손에 들린 누가바, 질질 거의 녹아 흘러내려 막대기만 남았다.

#106. 실외. 상점 앞, 낮

상점 앞을 거니는 숙자와 릴의 다정한 모습.

간간이 아는 사람들인지 가벼운 인사를 나누며 지나치는 사람들.

왠지, '폐업 점포 정리'라고 현수막이 걸린 상가가 유난히도 많이 보인다.

그러한 점포들이 자꾸만 신경 쓰이는 숙자.

릴	또 신경 쓰여요?
숙자	자리를 잘 잡아줘야 오래가지. 돈도 벌고…. 얼마나 좌절하고 있겠냐구! 딸린 식구들도 있을 텐데…. 한 곳에서 실패를 맛보면 다른 어디에서도 신뢰 갖고 일을 할 수가 없지.
릴	그대한테 왔어야 오래가는 자리를 안내받았을 텐데, 그쵸?
숙자	그것도 전문가야~? 아니 (폐업 점포를 돌아다보며) 딱, 6개월 만에 망하는 자리를 어떻게 소개할 수 있냐고…! 가만 보자…. 이 자리는 아파트하고 공원이 있으니…. 포장 가능한 음식점이 딱인데, 여기다가 뽑기를 입점시켰으니 망하지.
릴	여보, 너무 혈압 올리지 마세요. 가던 길 가시죠?

숙자가 저만치 걸어가면서도 폐업된 점포가 마음에 쓰인다.
저만치 손님이 줄을 서서 기다리는 상점이 눈에 들어온다.
누군가 앞치마를 두른 채 뛰쳐나와서 숙자에게 허리 숙여 인사를 한다.
숙자가 그러지 말라고 하는데도 숙자와 릴을 이끌고 점포로 들어선다.
손님이 그득하다.
직원들이 분주하게 움직이고 있다.
그곳을 빠져나오면서.

소리(숙자)	이 점포는 자리를 잘 찾아서 오래갈 거라고 말했지?
소리(릴)	캬, 박사님이네!

소리(숙자)	상권이 작지만, 수요 흐름을 잘 파악하고 그 흐름을 타는 사람들의 수입원만 파악되면 지출은 딱 나오게 되어 있고, 지출에 맞는 소비자의 선호도 높은 업종을 갖다 놓으면 오래가. 예전 자기처럼 월급쟁이들의 수입에서는 지출이 한정되어 있지만, 대신 생활에 필요한 품목은 꾸준한 소비를 필요로 하지, 20대, 30대, 관광, 여행 수요·지출이 다 달라요. 이 작은 상권에 그게 다 나누어져 있어서 쉽지 않은 상권이야. 삶하고, 행복하고 연결되어 있어서 저 상인들이 행복 해야 내가 행복할 수 있다구. (계속 중얼거리고)
릴	(그런 숙자가 자랑스럽다.) 멋있어요. 여보.
숙자	(갑자기 거만하게) 자네는, 그렇게 생각을 허시는가~!
릴	잉? 그건, 너무 오바다.
숙자	(쪼그라지듯이) 그러니까 잉? 비행기 태우지 말라구. 아이, 나 좋다 말았네.
릴	핫도그 한 개 치즈 쫘악, 찢으면서 갈까요?
숙자	거 좋지!

숙자와 릴이 저만치 걸어가고 있다.
핫도그 치즈가 안 끊기는 건지 팔을 쭈욱 올리면서 핫도그를 들어 올리면, 하얀 치즈가 고무줄처럼 늘어난다.
요란하게도 거리를 활보하면서 핫도그를 잡숫고 있는 릴과 숙자.

#107. 실내. 숙자 방, 밤

실내조명이 심상치 않다.

나름 신경 썼는지 야릇한 옷차림의 숙자와 릴.

릴이 숙자를 무릎 위에다 앉혀놓고 쓰다듬는다.

멀뚱하게 앉아 있는 숙자.

계속, 계속 쓰다듬기만 하는 릴.

진도 나가려는데 엄두가 안 난다.

숙자   아이, 진짜루… 뼉따구만 남아서 자기나 나나 무릎 위에

          앉힐 나이는 지나지 않았냐? 아이쿠, 엉덩이야~~ 하이

          요. 진도 나가기 힘드네.

릴   (아랑곳하지 않고) 자기야? 저쪽 창밖을 봐봐. 저거 다 오

          빠 거야! 저거 다 자기.(하는데)

숙자   다, 너 가져~! 보이는 것마다 다 물려받은 거래 아주~

릴   (포기하지 않고, 숙자를 일으켜 세워 벽에 붙여대면서 귀에 대고

          뭐라 하는가 싶더니, 떨리는 바람소리) 후후후후우~~!

숙자   ! (진저리를 치며 눈을 동그랗게 뜬다.)

릴   (다시 한번 더) 후우~~~ (하는데)

숙자   하지마! 하지마. 하지마! 하이씨 간지러 증말 나, 하이구야.

옷도 헐렁하게 입은 숙자를 아무리 구워삶으려 해도 진도 안 나간다.

팬티만 입은 릴이 그런 숙자를 포기하지 않고 침대에 눕히고 다시 도전한다.

릴	(다짜고짜) 집중! 집중!
숙자	(여전히 다시 입을 열려고 하자)
릴	그냥, 제발 가만 말 하지 마, 하지 마.
숙자	뭘 집중이야. 산만하면서 계속, 집중을 하래!
릴	(말끔하게 포기하고 일어서 숙자를 내려다보며) 집중, 안 된다.
숙자	공부 못 하는 것들이 집중이 안 된다고 핑계를 대더라?
릴	나, 나… 공부 잘했거든?

#108. 실내. 숙자 거실, 아침

부시시하게 나타난 숙자가 식탁에 앉는다.

주방서 열심히 음식을 준비하는 릴이 접시를 들어 식탁에 올려놓는다.

펑퍼짐하게 한쪽 무릎을 세워 식탁에다 그 무릎을 한자리하게 하는 숙자.

(사이)

숙자의 밥숟가락에 자동으로 올려지는 반찬.

그걸 반복해서 가져다 먹는 숙자.

릴은 긴장하면서 숙자의 밥숟가락이 올려지기 전에 반찬을 투하한다.

릴	(초조하게 반찬을 집어 앞에다 내려 놔준다.)
소리(숙자)	긴장합니다!
릴	네, 여보.

(사이)

고무장갑을 끼고 설거지 준비를 하는 릴.

그 뒤로 열심히 빈 그릇을 나르는 숙자.

마지막 손에 들린 그릇을 내려놓으려 하는데 설거지통이 그득하다.

안쪽으로 그릇을 밀어 내려놓는데, 숙자 얼굴이 설거지하는 릴의 가슴팍
을 스친다.

그윽한 눈빛으로 릴을 올려다본다.

릴	(숙자의 전기 먹은 머리를 그윽하게 내려본다.) 하이씨!
숙자	(갑자기 발동한 숙자가 손가락으로 릴의 젖꼭지를 꾹!)
릴	(준비 없이 당했다.) 뜨악! (고무장갑 두 개가 하늘로 솟구쳐 오른다.)
소리(숙자)	성공! 우하하하!
릴	(울먹인다.) 이건, 성추행이라고!
숙자	(입을 삐죽이면서) 에베베라고, 뭐라고고 하는거거거야? (한발 구르면서, 냉큼) 이눔으시키!
릴	…! (급발작 멈추고 조용히 돌아서 사라진다.)
숙자	(전기머리 손으로 들썩이며) 내가, 좀 심했어.

#109. 실외. 크리스마스 트리가 펼쳐진 거리, 밤

노인과 숙자가 붕어빵을 하나씩 물고 느긋한 걸음을 하고 있다.

노인	이번 영화제에서는 빛도 못 본 작품을 소개하자는 거지?
숙자	네, 아직도 그들에게 덤비기에는 먼 세상인 것 같습니다.
노인	흠, 그렇긴 하지.
숙자	다 모아놓고 한꺼번에 작품 소개도 하고, 작가들, 감독들 몽땅 활동할 수 있는 발판이 이번 영화제가 되었으면 합니다.
노인	거, 좋지!
숙자	이번 영화제 참가자 모든 이들에게 의상실 이용권 제가 쏩니다?
노인	아, 그래?
숙자	편하게 참석해야 하는데 화려하게 갖춘 명품들과 동석하려면 우선 의상부터 해결되어야 할 것 같아서요. 그러면 마음에 부담부터 덜어줄 수 있을 것 같습니다.
노인	오래 살어! 당신 같은 사람이 오래 살아야 혀!
숙자	(주머니에 양손 그득히 쑤셔 박고 퍼질러 걷다가 뒤돌아서서) 어르신께서도 오래오래 저희와 함께 하시면요.
노인	(그저 바라보면 볼수록 숙자가 마냥 이쁘다.)

#110. 실내. 화려한 무대, 밤

영화인들이 화려한 의상으로 앉아 있다.
무대 위에 줄지어 들어서는 신인배우들, 신인 감독들.

그 뒤로 스크린에 쏟아지는 작품들이 쉼 없이 이어지고 있다.

무대 위에 나란히 서 있는 지들끼리.

소리(애송이들)	이런 화려한 무대에, 저렇게 화려한 대선배님들 앞에, 돈도 빽도 없이 작품만 보고 달려온 우리도 이 자리에 설 수 있는 날이 오다니!
소리(반달곰)	우리 부모님, "넌, 맨날 모하고 다니냐."라고 그리 걱정하셨는데, 이거 보고 기뻐하시겠지? 아, 나 눈물 나온다. 어! 어! 이거 얼마짜리 쿠폰으로 받은 화장인데! 제발…! (눈이 반달곰이 된다. 까만 눈에 하얀 이빨만 큼직하게 화면 위를 채우면 그야말로 예술이다.)

저만치 관중석 맨 뒤에 쪼그려 앉아 흐뭇한 표정 짓고 있는 숙자.

소리(숙자)	비밀이에요?
사회자	이 무대는 우리가 상상할 수 없는 아름다움이 고스란히 장치되었습니다. 우리가 영화인으로 꿈꿔오던 것들이 바로 이 아름다움을 표현하고자 했던 것 아니겠습니까? 이 무대에 오르신 영화인들의 열정이야말로 정말 아름다움, 그 자체입니다.

관중석에 사람들 모두 일어서 기립박수를 한다.

저만치 맨 뒤에 자리하던 숙자가 조용히 일어서서 문을 열고 사라진다.

사라지는 숙자를 눈여겨 바라보는 사회자가 말한다.

소리(사회자)   이 무대를 위해 아낌없이 지원해 주신 분이 계십니다. 그
             런데 그분은, 자신을 갈아서 이곳에 뿌렸다고 생각해 달
             라고만 하고 사라지셨습니다. 사람이 살아가야 하는 유
             일한 목적이 있다면 사랑이라고 말씀하셨습니다.

사회자   (신인들을 지긋이 바라보면, 어설픈 신참들이 어수선하다.) 이
             무대는… 사랑 그, 자체입니다.

무대 위에 선 모든 이들이 어깨를 감싸고, 관중석에서 일어선 화려한 대선
배들도 어깨를 감싸고 환하게 미소 짓고 있다.
관중석에서 소리가 들린다.

소리(남자배우) 난 올해 남우주연상감이었는데, 좀 서운은 한데? 뭐 내
               년에 받으면 되고!

소리(여자)   내년에도 저런 애송이들 집합 장소 되면?

소리(남자배우) 아이 나 참, 왜 그런 심장 떨리는 말을… 하지 마러~!

소리(여자)   난, 내 인생 중에 오늘이 가장 아름다운 하루였던 것 같아.

무대에서 내려오는 신인들의 모습이 좋아죽는다.
아까 반달곰 얼굴에 검정 것들이 땀인지 눈물인지 이빨까지 점령했다.
누군가의 소리가 들린다.
'너, 그 화장 어디서 한 거냐?'

'우리 누나가 해줬어. 내 화장 쿠폰은 지가 약혼식에 써버리고, 날 반달
곰… 이거 뭔데 자꾸 흘러내리냐?'

(스크린에 반달곰의 얼굴에 자꾸 흘러내리는 검정 화장 꾸정물)

'무한 리필인가 봐!'

하도 이상한 풍경이라 그 검은 얼굴이 카메라에 자꾸 잡힌다.

무대 스크린에 계속 반복되는 신인 작품이 쏟아지다가도.

뜬금없이 스크린에 오르는 반달곰의 무한리필 화장.

이제는 이빨까지 까만 얼굴이 어찌할 바를 몰라 한다.

소리(남자)   야, 저런 연출이 되다니!

소리(여자)   그래서, 창작이 위대한 거야!

반달곰을 계속 따라잡는 카메라.

그 카메라를 부담스럽게 흘끔흘끔 쳐다보며 카메라에 잡히지 않으려 애쓰
며 내려가는 반달곰.

#111. 실내. 숙자 복덕방

젊은 부부가 들어선다.

반갑게 맞이하는 숙자가 둘과 마주하고 앉는다.

소박한 상담 모습을 지켜보던 직원들이 숙자를 감상한다.

턱 고이고 숙자의 상담을 지켜보며.

직원1	아름답다.
직원2	나도 저렇게 살고 싶다. 증말!
직원3	난 왜 저분 등만 바라봐도 가슴이 벅차오르나 몰라.
직원1	세상에 저런 분이 많이 있어야 해. 오래오래 살았으면 좋겠어. 저런 분들이 나이 먹는 게 너무 아까워.
직원2, 3	미투!

젊은 부부가 일어서는데 배가 남산만 하다.

숙자	언제 출산이세요? 애국자시네요 하하.
부부	곧 출산합니다. 이사부터 하고, 결혼식 하려고요. 바쁘게 살다가 보니 다 놓쳤어요.
숙자	오피스텔 관리비 월세에… 아이 태어나면 지출이 많아질 텐데, 지출을 줄일 수 있는 집 얼른 알아봐 드릴 테니 안심하고 기다리세요?
젊은 부부	네 고맙습니다. 정말 고맙습니다!
숙자	(돌아보면, 직원들 일제히 일어선다.) …?
직원들	넵, 당장 뒤져서라도 물건 대령해 드리겠습니다!
젊은부부	(뭔가 이상하지만 안심하고 문을 나선다.) …!
직원1	대표님, 너무 작은 일에 에너지 쏟으시는 건 아니신지…. (하면)
숙자	저 사람이 큰일을 하든 작은 일을 하든 다 똑같은 사람이야. 저 사람은 지금 행복해야 하는 권리를 찾고 있는

데 그 길을 우리가 안내하는 거지.

직원3   햐, 표현 봐라. 죽인다.

숙자   뭘 또 죽인다고 난리야.

갑자기 문이 벌컥! 열리더니 한 여자가 몹시 급하게 튕겨 들어온다.
모두 급 놀란 표정인데,

그 여자   아니, 이 부동산 왜 이래?

모두   …?

그 여자   …? 엉!

모두   (어깨를 으쓱해 보이는데) …?

그 여자   나 이러다가 떼부자 되겠어요!

숙자   (입꼬리 올리면)

모두   (입꼬리 올라간다.)

숙자   왜, 장사가 너무 잘되니 놀라셨어요?

그 여자   다 자리가 있는 건데, 난 그런 돈방석이 처음이라 이거
적응이 안되네~!

곧이어 따라 들어오는 그 여자네 직원들.
양손에 그득한 음식 보따리가 사무실에 쌓아 올려진다.

직원들   (급당황!) 우리 대표님 이런 거 딱 질색하시는데…. 이 양
반 실수하시네.

그 여자	(가슴팍에서 돈다발을 꺼내 머리 위로 흩뿌려 비처럼 맞으면서, 미친 여자 같다.) 이게, 돈벼락인가 봐! (목소리마저 갈라져 나온다.)
직원3	여기 오는 손님들도 다 대표님 과네!
숙자	(조용히 그 돈 가지런히 모아 그 여자 가슴팍에 다시 조곤조곤 넣어준다.)
그 여자	(다시 꺼내) 이거 대표님 회식비로 사용. (하는데)
숙자	(그 입에 검지 꾹 눌러 댄다.) 그 입 다물라~! 대신 음식은 먹어드릴테니… 이거면 충분하니 정신 차리시오.
직원들	(그 돈 아쉽다.) 그냥, 그… 저분 마음은 받아도.
숙자	(문 열고 아직도 빙빙 도는 여자를 그대로 밀어낸다.)

#112. 실외. 숙자 복덕방 앞, 저녁

지나가는 사람들이 사무실 안을 관심 있게 들여다본다.
그런 사람들을 잡아끌고 들어가는 숙자.
기분 좋게 이끌려 가는 사람들.
안으로 보이는 음식 더미,
희희낙락 즐거운 사람들이 많아졌다.
어디서 몰려왔는지 노인들도 보이고, 사람들이 빼곡하다. 동네잔치 수준이다.
얼마 전 다녀갔던 젊은 부부도 보인다.

화기애애한 분위기의 목소리가 사라지고

#113. 실내. 숙자 방, 아침

잠자리에서 뒤척뒤척하면서 잠을 청하려는 숙자.
언제부터 일어났는지 옆에서 그걸 지켜보는 릴.

숙자	지난번은 붕어 두 마리 먹고, 걔네 밤새 수영하고 놀았는지 한숨도 못 잤는데.
릴	…?
숙자	(피곤한지 자꾸만 뒤척인다.) 어젠, 한 마리밖에 안 먹었는데…. 밤새 얼마나 뱃속에서 돌아댕기는지 아, 피곤하네? 한숨 못 잤어.
릴	붕어빵이 왜 뱃속에서 돌아댕겨요?
숙자	아, 몰라. 다신 붕어빵 사 먹자고 하기만 해봐.
릴	여보님이 드신 그 붕어는, 사춘기신가?

#114. 실외. 거리. 붕어빵 집 앞, 밤

붕어빵을 받아 들고 미소가 펼쳐지는 릴.
붕어 한 마리를 들어 숙자에게 들이밀면.

숙자가 고민하다가 먹음직스러운 붕어를 받아쥐고.
붕어 입을 조곤조곤 잘게 물어내어 씹는다.

릴	우리 여보, 야하시네? 입부터 드시네? (꼬리를 냉큼 물어 낸다.)
숙	변태시네? 하체부터 해치우시네?
릴	아웅~! 난 이 붕어빵 먹을 때가 제일 행복해요!
숙자	못 먹고 커서 그래!
릴	(살짝 삐지려고 하다가 붕어를 보고 돌이키고 다시 신났다.) 그런 말 안 하기에요?
숙자	(입 삐죽이며) 안 삐지기에요?

릴의 팔에 매달려 있는 숙자가 붕어를 아주 조금씩 잘라내어 오물오물 씹고 있다.
그들이 야경에 묻히고 있다.

| 소리(숙자) | 내가 오늘은, 이 붕어가 못 돌아댕기게 잘게 잘게 씹어서 녹여 먹는 거야. 내일은 안 피곤할 거야. |
| 소리(릴) | 치, 그런 게 어딨어. |

거리에 경쾌한 크리스마스 캐롤이 울려 퍼지고, 거리가 평화롭다.
웃음소리가 거리에서 정겹게 들려오고, 손에 선물을 한가득 들고 이동하는 사람들 틈에 숙자와 릴이 섞여 있다.

아직도 숙자의 손에 들려진 붕어빵의 꼬리.

손톱만큼씩 떼 내어 오물오물 씹으며 릴에게 매달려 거리를 활보하는 숙자.

화려한 도시 속으로 릴과 숙자가 저 아래로 멀어지면.

하늘에서 보이는 십자가들.

다시 아래로 내려가면 어느 한 교회 종탑.

#115. 실내. 교회 강당, 밤

크리스마스 공연이 진행되고 있다.

구유에 눕혀진 아기 예수께 경배하는 사람들.

관중석에 릴과 숙자가 보인다.

동방박사 세 사람이 아기 예수께 경배한다.

어린아이들도 관중석 앞자리에서 진지하다.

(사이)

무대에 오르는 장년들의 어설픈 율동.

그 뒤로 반짝이는 크리스마스트리.

그 분주하고 진지한 사람들을 빠져나오면.

#116. 실외. 도시 위에 펼쳐진 밤하늘

하늘에 별들이 보석처럼 반짝인다.

아직도 교회에서 크리스마스 진행하는 소음들이 나지막하게 들려온다.

#117. 실내. 숙자의 거실, 아침

식탁에 올라와 내려갈 생각 없는 바울이.

숙자와 릴이 앉아 바울이를 내려보내면.

또 올라와 앉아 있고.

그걸 반복에 반복하는 숙자와 릴.

밥상 차리던 걸 포기하고,

하는 수 없이 콘플레이크를 덜어 우유를 붓고.

각각 한 사발씩 들고 방으로 들어가는 숙자와 릴.

#118. 실내. 숙자의 방, 아침

침대에 나란히 같은 방향으로 앉아서 플레이크를 후루룩 떠서 먹고 있는 숙자와 릴.

숙자의 눈이 한 곳을 주시하면.

유난히 가슴팍에 두드러진 릴의 젖꼭지.

| 릴 | 제발, 건들면 이 음식 다 쏟아진다구~! |
| 숙자 | 하도 탐스러워서 보기만 하는 거야. |

릴	(휙, 돌아서 흡입하는 릴) …!

#119. 실내. 숙자 복덕방, 낮

화려한 손님과 실랑이를 벌이고 있는 숙자.
그 옆에 초라하게 서 있는 노인이 어찌할 바를 몰라 하고 있다.
그걸 지켜보는 직원들.

숙자	(화려한 손님보고) 쫌, 다른 부동산으로 가요. 쫌!
직원들	이번엔 진짜 큰 건인데~!

숙자 옆에 초라한 노인이 미안해 어찌할 바를 몰라 한다.

손님	아, 증말…. 길이야 찾아가면 되는 거고, 지금 당장 나는 그 물건에 돈을 꽂아야 한다고요~!
숙자	기다리는 거 못하시면 얼른 가세요. 이분께 길 안내해 드리는 거 안 보여요?
손님	이상한 일일세. 돈을 다 마다해?
숙자	(그 노인 팔에 자신의 팔 장착하면서) 가요 어르신. 제가 잘 모셔다드릴게요.
손님	(숙자가 맘에 든다.) 아, 진짜! 더 못 가. 난! 그… 저분한테 계약할 거야.

직원들	(그 상황이 재밌고 즐겁다.)
노인	(미안하고, 황송하고) 아휴, 난 물어물어 가면 되는디…!
숙자	어르신, 어서 가시죠. 다니실 때 거 계단 조심하시고. 턱 같은데 잘못 딛으시면 큰나요? 네? (하면서 노인을 모시고 문밖으로 사라지며 아직도 뭐라뭐라 주의를 하고 있다.)
손님	복비를 왜 주는데, 저런 냥반한테 물건 가지고 가야 복도 들어오는 거야. 그래서 예전엔 복비라고 했거덩. (저만치 노인을 모시고 가는 숙자를 바라보며 기분이 좋은 손님)
직원들	오래 걸리실 텐데요.
손님	해가 저물어도 기다리지 뭐. 점심 내가 다 쏠게요. 나 내쫓지만 말아요.
소리(직원들)	메뉴 골라 메뉴… 난 탕수육, 난 갈비탕!
손님	(돌아보면서) 그냥 문 닫고 식당으로 가요. 오늘 내가 보상 다 해줄 테니….

문밖으로 보이는 숙자와 노인의 뒷모습이 보인다.
숙자와 노인의 모습이 사람들 틈으로 묻히고 있다.

소리(손님)	하루해 넘어가야 오시겠네!

#120. 실외. 붕어빵 집 앞, 낮 [몽타주]

숙자가 노인과 하나도 바쁘지 않게 걸어가다가 붕어빵 집 앞에 멈춰 선다.
마다하는 노인의 얼굴에 자신 얼굴을 자세히 들이밀며 '히죽' 웃는 숙자가
붕어빵을 노인 손에 들려준다. 그걸 미안하게 받아 한입 무는 노인의 행복
한 미소.

NA(숙자)   우리는 유한한 인생 속에서 화려한 삶을 추구하고파 하
                는 열정파들이다. 그러나 그 개개인의 속을 가만히 들여
                다보면

- 실외. 상점이 늘어선 거리, 밤 -

즐비한 상점에서 제각각 바쁘게 음식을 나르는 사람.
그 옆에 보이는 옷 가게에 손님을 코디해 주는 사람.
복권방으로 보이는 상점에서 훤히 보이는 테이블에 앉아 동전으로 벅벅
긁어대며 실망하는 사람이 보인다.

NA(숙자)   모두 순수한 사람들이고, 그들 모두가 각자 가치를 찾아
                갈망하며 매일 격투기를 벌이고 있는 자신과 마주하며
                살아가고 있다.

- 실내. 릴의 상담실 -

릴이 눈물의 남자와 마주하고 있다.

더 이상 울지 않는 내담자, 눈물의 남자가 환한 미소로 릴과 마주하고 있다.

슬며시 손을 내밀어 릴의 두 손을 꼭, 잡고 기도를 해준다.

자신 손을 잡고 기도하는 눈물의 사나이를 미소로 바라보는 릴이 흐뭇하다.

– 실외. 촬영장, 낮 –

스탭에 둘려진 연기자들이 보이고.

대본을 잊었는지 컷, 컷, 을 외치는 소리가 나고.

당황한 연기자에게 따뜻한 차를 한 잔 손에 쥐여주고 사라지는 숙자.

차분하게 자신을 가다듬고.

당차게 연기하는 배우.

스탭들도 놀라워한다.

NA(숙자)   오늘도 행복한 삶을 살기 위해 고군분투하는 모든 삶을
               응원하고 싶다.

그들 뒤로 올라오는 엔딩 자막.

숙자와 릴의 옅은 목소리가 들린다.

소리(릴)   앗, 따가워! 등에 크림 좀 발라줘! 자기야! 여보!

#121. 실내. 숙자 방, 저녁

벌거벗고 어린아이처럼 후다닥 뛰어나온 릴의 손에 로션이 들려있다.
숙자를 등지고 구부려 엎드린다.
숙자가 크림을 덜어 릴의 등에 펴 발라주는데.
릴이 숙자 앞에서 구부린 몸으로 엉덩이를 들썩들썩 좌우로 흔든다.
그 모습이 마치 돼지 같다.

숙자   털 없는 돼지 같아. 돼지 꼬리만 갖다 붙이면.

릴   (끙끙 앓는 돼지 소리로) 꿀꿀~ 목욕한 돼지~

숙자   뭐 이딴 게 다 있어!

릴   오호, 남편한테 이딴 게? (확, 뒤 돌아보면)

숙자   (눈이 동그래지더니) 화난 돼지. 난, 첨 봐!

릴   그럼, 오늘 두 번 보게 해준다. 내가!

통돼지 같은 릴이 숙자를 잡으러 덜렁덜렁 따라다니고.
그런 릴을 피해 이리저리 도망치는 숙자.

#122. 실내. 릴의 시골집

자막

25년전

릴의 엄마가 자리에 누워있다.

릴이 엄마가 누군가를 하염없이 바라보는 눈에 눈물이 그렁하게 고여있다.

릴의 엄마가 숙자의 손을 부여잡고 유언처럼.

숙자 손에 뭔가 들려주는데.

릴의 어릴 적 노래하던 그 숟가락이다.

소리(릴 엄마) 애야, 상처만 준 못난 애미다.

숙자   고생 많으셨어요. 어머님. 어머님은 처한 환경에서 최선을 다하신 거예요. 어머님도 그 환경에서 버티셔야 했기에…. 고생 많으셨습니다. 어머님.

눈을 감은 릴의 엄마 손을 가지런히 놔 주는 숙자.

뒤늦게 나타난 릴이 엄마에게 다가와 앉는다.

릴이 숟가락을 다시 엄마 손에 들려준다.

릴   나, 배 골을까 봐. 이 숟가락을 그렇게 갖고 오라고 엄마가….

릴이 말을 잊지 못하고 복받치는 감정을 억누르며 엄마 가슴에 파고든다.

#123. 실내. 숙자 방, 저녁

(#121. 동 장소로 되돌아가면)

철딱서니 없는 릴이 아직도 숙자를 잡으려 애쓴다.

릴을 피하려다 미끄덩 자빠져도 굳세게 다시 일어서는 숙자.

숙자가 갑자기 홱, 뒤돌아서 릴에게 반격하면

릴이 그대로 뒤돌아서서 도망친다.

어린 릴이 숙자에게 잡히지 않으려고 이리저리 행복하게 도망 다닌다.

숙자가 그 어린 릴을 콱, 잡아서 행복하게 안아주면.

숙자 품에서 행복해하는 어린 릴.

화면이 멈추고 그 위로.

인서트

숙자가 릴과 붕어빵을 기다리는 장면.

그 위로 현관에 숙자의 신발을 가지런하게 놔주는 릴.

그 위로 숙자의 이불을 살포시 덮어주는 릴.

그 위로 잠든 숙자 손을 잡고 머리 숙여 기도하는 릴의 모습이 겹치면서.

출연진의 프로필 자막이 오른다.